серия *tip top street*

русская литература в Америке

Жить как в сказке, без подсказки и шпаргалки.
Эти пляски, эти песенки и гимны.
Эти галки на крестах, и в забегаловке
воздух дымный, никому необходимый.

Бедная, бедная, бедная П.,
трудно тебе затеряться в толпе
даже на Трубной,
даже под сенью ворот золотых
золоторотцем останется стих
треухий, треуглый.

Никому не бойся, никого не смейся,
крепко на Небося надейся.
Наталья Горбаневская: Полине Барсковой – вместо рецензии

Полина Барскова – не только поэт, но еще и ученый-гуманитарий. И главная ее не то любовь, не то болезнь, не то предмет научных исследований (а на самом деле, все сразу) – это блокада Ленинграда, которую Барскова исследует в обеих своих ипостасях – поэтической и академической…Теперь к двум уже известным лицам Барсковой добавляется третье: на сей раз она отправляется в свое персональное чистилище, облачившись в маскарадный костюм прозаика.
Галина Юзефович

Полина Барскова

(В)место преступления

Littera Publishing LLC

Какую роль в жизни пишущего, пишущей занимают упражнения в производстве и восприятии слов: рецензии, литературная критика, литературные портреты, беседы, предисловия и послесловия?

Самое любимое предисловие автора настоящей книги – текст Уинстена Хью Одена о Льюисе Кэролле, заносчивом математике, упорном фотографе, изредка, походя забавлявшем себя сочинением странных сказок.

Походя, изредка, сбоку, в тени делается литература, разрабатывается рука, набирается внимания глаз.

Я посвящаю эту книгу своим редакторам, благодарю их за терпение и остроумие, за готовность учить меня словесности и оставлять меня в покое;

всем, и особенно самым дотошным – О. и Ф.

эссе

Вместо преступления

Алечке и Эстер

*Лишь под знаком аллегории можно уяснить себе
меланхолический характер этой поэзии.*
Вальтер Беньямин

Мой друг спрашивает удивлённо: ну зачем ты ездишь
на Брайтон Бич? Зачем я туда езжу – дело тонкое. Но вот
сейчас я туда еду, чтобы купить себе лифчик. Приходиться
ехать потому, что на районе, где мы живём (среди китайцев)
лифчик необходимого мне размера мог бы пригодиться разве для того, чтобы посадить в него новенького вниматель-
ного ребёнка в пижамке и побежать с ним, яростно распи-
хивая толпу.

Нет! Мои формы ждут меня среди мне подобных, среди
тяжелых тетек родом из Москвы и Киева, привыкших от-
махиваться от ужаса бытия пироженым (sic! так значится
на витрине), а, может, даже и книжкой, скорее всего такой
же грузной тяжёлой теьтки, будь то одесситка Ахматова или
ленинградка Толстая. Там, среди своих я смогу принять, наконец, свою форму, свою медленность, своё выражение, а
вернее гримасу лица: сложное сочетание насмешки, усмеш-
ки, улыбки. Первые морщины на моем лице легли, конечно,
возле рта, я думаю именно из-за конфликта в направлении
улыбки – советской, вроде оскала невозможного приятия,
и американской, вроде оскала вынужденного приветствия.

На Брайтоне я могу медленно двигаться, рассматривая,
вдыхая, подслушивая, я все там понимаю, даже себя. Я двигаюсь там со скоростью какого-то особенного, совсем уж об-
реченного динозавра. Потому что мой вид, стремящийся на
Брайтон Бич, обречён: из меня тринадцать лет тому назад
вылупилось совсем уже Иное существо, и его инакость, чу-
жесть вызывают здесь острую реакцию:

– Ваша? – настороженно спросила меня формально мне-подобная дама, пересёкшая улицу в порыве любопытства.

Я кивнула.

– Совсем не похожа! Какое счастье! – заключила она и ещё подумав, добавила:

– Надо ещё от него рожать!

Я в смятении оглянулась на дочь, но та блаженно погрузилась в свою подростковую раковину вне-бытия. И я осталась стоять в задумчивой роли Матери Жемчуга, – из перламутра, тусклой раковины будет коротким ножом выкорчеван свет. Но этот свет будет уже другая жизнь.

А на Брайтоне и на Брайтон собирается не-будущее. Вот тут притаился старьёвщик-букинист, в его ларьке сплошь одни гордые девы-воительницы: непристойная Маркиза Анжелика, кровожадная и косноязычная Маринина, какая-то ио-подобная ведьма, обещающая тебе поведать рецепты всех супов (трепещи, Карлик Нос!), а вот и Дева Мария на стареньком календаре – царит над пылающим, плавящимся Дрезденом. Я запускаю руки в его сокровища (отвлекшись, конечно, от срочной цели моего паломничества) и непостижимым, неизбежным образом извлекаю оттуда ненавистную мне книгу Зощенко «Перед восходом солнца». Больше этой книги я ненавижу только военные рассказы Платонова: я не то, что не могу их перечитывать или трогать, я даже не могу о них думать – меня сразу начинает выворачивать, трясти от тоски и жалости.

Так я замираю с ужасным ветхеньким Зощенко в руке, и старый старьёвщик вздыхает умиленно: «Какая Вы приятная женщина!» Понимая всю невозможность разоблачения моей эмоции, я вручаю ему сальный доллар и удаляюсь, чтобы при первой возможности бросить книжицу лежать одну на скамеечке у океана. Оставив ее, как провинившуюся прелестью царевну, в чаще, на произвол судьбы, я тут же преступно оборачиваюсь. Над книжицей пролетает уродливая, задумчивая чайка, рядом с книжицей приземляется огромная старуха с волосами в ушах и в розовых тапках. Она хищно смотрит на океан – как и я.

И что у нас вообще может быть не общего? Вот ее ночная рубашка: такие носила моя бабушка и дарила мне при каждом моем приезде в Новосибирск. О, этот простор, эта мягкость! Вы такая приятная ночная рубашка!

То, что пляжная старуха выходит на улицу в исподнем, не кажется удивительным. Брайтон Бич – это не публичное пространство, это другое пространство, как сказали бы размывающие и тем проверяющие слово на точность, прочность философы-французики. Это пространство сна (может случиться почти что угодно) и памяти (можешь встретить почти кого угодно).

Вот она сидит и смотрит на океан.

А я стою и смотрю, как она смотрит на/за океан. Что она там видит? Коммунальную кухню, трамвай, бакалею, дачку, баньку, больничку: не важно, все это умею видеть и я. Я знаю все, что она знает: вкус-запах-цвет.

Но вот заминка – всего этого нигде нет более: того, на что она смотрит – нет.

Атлантида с чудовищным уханьем и предсмертным позевыванием ебнулась в тартарары, оставив после себя очень странных обитателей. Из всех сортов книг моя рассеянная девочка-жемчужина исключительно выбирает мрачные фантазии о жизни после конца света. То же и я. Брайтон Бич – это моя жизнь после жизни.

Но только лучше! Кукушонок, заброшенный (забравшийся?) в гнездо поджарых и легкомысленных аскетов, я и мечтать в прошлой жизни не могла О ТАКОМ ПИРОЖКЕ с яйцом и луком. В день зарплаты папа приносил домой четыре яблока и пластинку, в день после контрольной я вырывала из тетради листок с оценкой и засовывала его в конверт одной из этих пластинок, велико же было удивление мамы, когда уже перед моим отъездом она обнаружила в конверте с насупившимся Мравинским четыре моих «кола»: «Зачем ты это делала? Ведь мы никогда не проверяли твои оценки? Почему же ты не их выбрасывала, но хранила?» Не знаю. Невозможность отделаться, отделиться от преступления.

Пирожок с луком и яйцом, длинный и блистающий, как венецианская гондола, влечёт меня. Он сальный.

В Нью-Йорке есть музей секса (об этом я прочитала в метро) – идея эта кажется удивительной. Секс для меня –

эфемерида, вот он есть, как скажем театральное действо, вот его уже нет: можно прийти глянуть на костюм Нижинского, но понять из этой пыльной тряпочки, что именно испытывал Дягилев, слушая, слыша, как беснуются зрители Петрушки или Фавна – сложно.

Если Брайтон-Бич – это музей, то чего?

Чем отличается чувство, которое я испытываю, держа в руке Зощенко, и полагая в рот пирожок с луком и яйцом? И там, и там: сложная месь отвращения и наслаждения.

Вот дивная, невиданная, неизбывная проза о жалкой жизни, результатом публикации которой стала жалкая смерть автора (кстати, заметим, от голода).

Вот запредельно приятный и запредельно вредный пирожок, работающий по рецепту, предложенному писателем Прустом. Хотя нет: я не могу вспомнить пирожок, которого в моем детстве не было, значит это лже-Мадленка, это не просто советское, а фантом советского, усиленный мечтой о сальных пирожках, громадных сверкающих бюстгальтерах, россыпи ветшающих Анжелик.

Я смотрю, как смотрит старуха.

А может быть, она – восклицаю я, впадая в тягостно аллегорический раж, и есть моя бывшая империя, она не знает, что ее больше нет, но ей можно, даже нужно об этом сказать?

Сказать, что она кончилась: со всей ее фрикативной прелестью Лолиты-Люси Гурченко и танка, переезжающего в Праге нервно горящего юношу, со всей ее мечтой о флаге над рейхстагом (все, все поддельное). Поколения поэтов все еще подрифмовывают ее отзвучия, ее бедные прелести, не вполне отдавая себе отчет в том, насколько дика их нежность, их желание уподобления.

Что-то совсем другое, совсем новое. Лежит за океаном. По причине какого-то труднопреодолимого, труднопределимого страха обитатели и создатели этого другого и нового предпочитают понимать его как точно такое же и старое, как своего рода продолжение. Возможно новой стране очень нравится притворятся старой страной? Так ей менее страшно? Так можно вообще не грузиться задачей самоопределения, можно не подходить к себе критически («критейн» разделять, отделять себя от)? Можно десятилетие за десятилетием ходить в одном, есть одно, слышать одно?

Но это какое-то злое волшебство, оптический сбой: нигде, кроме как во фланелевом зареве моей компаньонки по скамеечке да в масле, выделяемом пирожком, той империи более нет. Брайтон – это музей мечты, памятник мечте о бесконечности: океана, государства, исторического сегмента. (Saudade, как мне объяснял рыбак в Рио, это не знающая исцеления и перевода тоска о невозвратном, об оставленном навсегда).

Вот так мы и сидим с огромной фиолетовой старухой на Брайтоне (так, я все-таки села на эту скамейку) такие одинаковые, как закатные облака. Она так ни раз не посмотрела на меня, а я протягиваю руку за книжицей, вспоминаю «мужаться, Мишенька, мужаться», брошенное Ахметовой Зайченко, и улыбаюсь, примиренно. Я думаю, что этому автору самое место оказаться в рассказике о женском белье, о поиске идеальной формы. Пусть я буду его военный трофей, а он – мой.

Перемещения,
или Вечный Мальчик

К.Ч.
Что расположено по ту сторону изображения? Пыльная
улица вниз или вверх? Нет, там расположено холодное
солнце весны. Верёвки с бельём. Плеск и говор.
Аркадий Драгомощенко

Несколько раз в месяц я совершаю перемещение из сельской местности в город на автобусе, который принадлежит компании «Питер Пэн». Подъезжает автосредство холодно-зелёного цвета, непокорный мальчик (на театре его обычно представляли подвизгивающие травести) отправляется в полёт. Эта процедура, уже два года определяющая ритм моей жизни, окончательно поставила меня перед фактом и тем – примирила: у меня нет места, у меня есть приближение к нему, отдаление от него, расстояние между мной и надеждой на воплощение места.

Возможно, самое важное и уж точно самое честное, чистое, продуктивное время моей жизни – это вынужденная автобусная медитация: колебание, болтанка между желанием и нежеланием отдавать себе отчёт, перебирание страниц и нанизывание букв, но тут нитка выскальзывает и буквы в тряске разбегаются.

Мой автобус (другие люди так с солидной нежностью произносят «мой дом», «мой язык», «мой муж») выставляет, как на шахматной доске, свои pro против своих же contra. Его прелести и его мерзости теснят и давят друг друга в потасовке. Побеждает сторона, внимательнее присмотревшаяся к сиюминутному настроению перемещаемого. Иногда я свой автобус ненавижу, а себя жалею, иногда мне от него весело, и тогда я себе завидую.

Однако в этой попытке обладания, наделения интимностью есть разительная брешь: *мой* автобус мне неподвластен, мы связаны с ним часто и, как мне снится в отчаянных кошмарах, навсегда, но каждый раз – ненадолго. Я никак не могу влиять на его качества, могу их только наблюдать и могу наблюдать своё поведение в этих условиях. Француз Оже придумал для таких отношений термин *неместо*: состояние вне определённого локального затвора, вне времени, вне себя. Мой автобус – это моё неместо, хотя следует признать, что даже иллюзия единства здесь не особенно расстаралась: каждый раз приезжает иная машина с иным водителем, они повторяются, но непредсказуемо, вне алгоритма. Иногда несколько раз подряд Харон преображается в убого балагурящую тётку («если я тут засну, спасайтесь, кто может... забытые на борту младенцы передаются в благотворительную лавку... за курение вставляю в рот освежитель воздуха»), а иногда встречается ехидно подмигивающий старичок, к которому пришлось прибегнуть с признанием об оставленном в автобусе *платье* («что ты с ним делала? укрывалась? серое? блестящее? с перламутровыми пуговицами? нет, нет, не было такого...»). Старичок ехидно смотрит на тебя, а ты ехидно смотришь на него, представляя, как он примеривает вечерами перед зеркалом твоё мерцающее мюнхенское платье. А иногда проходит череда молчаливых чернокожих эффективных водителей-джиннов, пресными голосами обещающих доставить тебя на место настолько точно и вовремя, как того позволят «погода и трафик».

Однако эти разные исполнения, явления моего автобуса имеют общие черты. Во-первых, мой автобус всегда скверно пахнет. В его хвосте из жалости приделан клозет, где естественная вонь мочи заботливо перемешана с химической вонью, призванной маскировать непристойное естество. Как всякий камуфляж, *сокрывающее* (не от этого ли слова взялось имя мощной нимфы Калипсо) только усиливает, извращая, изобличает. Отсюда происходит запах моего перемещения. К нему иногда примешиваются запашки дешёвой еды или парфюмерии.

Здесь запрещено говорить по телефону (чтобы не огорчать своих близких), а интернет-связь вяла и капризна, как старческая эрекция, так что, в известном смысле, ты предоставлена самой себе. Связь с местами *откуда* и *куда* ослаблена, и ты находишься в абсолютном *здесь*, при том, что это здесь постоянно движется.

Сначала ты пытаешься отвлекаться от вынужденного самопознания назойливым разглядыванием и, более того, ощущением этих самых вынужденно близких (твой рюкзак разлёгся у неё на коленке, его спящий локоть впился тебе в ребро), либо скользишь взглядом по поспешающей местности.

Подглядывание и подслушивание, как утверждал Полоний, очень скрашивают жизнь, а иногда удобным образом сокращают путь. Вот две суровые, простолицые лесбиянки дремлют, крепко сцепясь руками, – мало ли что может разлучить людей во сне? Спокойная, долгая, лишённая событий связь почти изгладила различия между ними, они превратились в сросшихся сиамских близнецов. Огромная мексиканская старуха внушает малюсенькой девочке, похожей на котёнка или ежа, чтобы та вела себя *хорошо*. Где родители девочки, это лишнее, промежуточное звено между теми, кому дано испытать настоящую прямую страсть, бабушкой и внучкой, которых ничто не отвлекает друг от друга – ни амбиции, ни страхи, и они могут целиком предаться сосредоточенному переругиванию? Старуха наперёд знает всё, чего захочет и чего не сможет извлечь из жизни её сокровище, тем грознее её гремучий шёпот, тем звонче дерзкое хихиканье в ответ. В двух рядах кресел от меня (раздаётся внутренний сигнал тревоги) знакомое лицо... Знакомое да незнакомое: когда мы познакомились, это лицо принадлежало существу, запутанному в женскую сущность, это существо слонялось в сумерках безумия, заходило непрошеным в мой пропахший сыростью и мышью кабинет и сидело там тихо и бессмысленно, мы не могли друг другу ни помочь, ни помешать. Потом в его/её судьбе произошла какая-то перетасовка, сценическая перестановка вроде «Двенадцатой ночи», и неподалёку от меня в моём автобусе уже обнаружился отрок, обладатель того же лица и голоса, но иной природы. Когда мы ходили на остановке за кофе, он окликнул меня и радостно поведал о своих успехах: написал и поставил пьесу, полюбил Беккета, едет домой на каникулы. Поспешает, летит к тем, кого раньше старательно избегал, стыдясь их стыда. Впервые я сталкивалась со столь успешным вариантом переселения души в более подходящее тело: говоривший со мной был привлекателен и спокоен, как тот, кто наконец-то вернулся домой.

Мне же это состояние, как говорится, не светило. Переезд моей души не знал утешительной конечной цели. За окном моего автобуса проносилась, то в прямом, то в обратном порядке, Новая Англия со всей её воспетой новыми англичанами *неброской красой*. Я-то, честно говоря, предпочитаю броскую.

Впрочем, дважды в год эти места наряжаются, стихии устраивают фейерверк либо военный салют, в мае деревья надуваются золотом и багрецом, репетируя, и в октябре делают это снова, уже всерьёз, перед тем, как спровадить свои тельца в саваны, а саваны окружить туманом и прелью. Только однажды была катастрофа, и всё нарушилось, и снег выпал в октябре, измучив нежные суставы ветвей. Графство за графством стояли члено-раздельно, осыпанные мёртвыми ветвями. Но перед этим несколько часов мы могли наблюдать алые, фиолетовые, пурпурные, лиловые подтёки, облепленные серебром. Это был какой-то страшный средневековый замок-праздник в гобеленах и полотнищах, а потом всё сразу пало. Мы с тобой ехали с юга на север, и становилась всё очевиднее противоестественность этого зрелища, что-то такое из страшной сказки страшного забавника Маршака, где времена года перепутались, смешались и времени не стало.

Но мы сейчас про неместо. На подобное испытание может себя направить лишь человек, которого что-то очень держит и влечёт, равносильно и влечёт и держит. Два очень юных существа очень броской красы и отменной печали выходят провожать и встречать меня, в пункте А, в пункте Б. В отличие от немест, они наделены определёнными и неотразимыми качествами. Через них я понимаю себя теперь гораздо сильнее, точнее, судорожнее, чем через связь с нарядным городишкой, где вырастает одна, и Великим Городом, где происходит другой. Моя связь – с ними, и для меня перестаёт производить смысл натяжение, напряжение между Прекрасным городом, откуда я, и Могущественной державой, куда я. Кроме стремления к ожидающим меня у меня более нет подданства. В моём паспорте зияет штамп: страна Никогда. Я между (речье, ха-ха), я челнок снующий, узор производящий, но главное – подсматривающий и подслушивающий. Для обслуживания речи неместо может быть идеальным пунктом: тебе всегда неудобно (вонь, чужие, тряска, внезапный пронзительный шёпот за спиной: «Нам тут нельзя разговаривать, но я хочу знать, я утюг вчера выключила? Что??.»), у тебя всегда не все дома. Всё заметное и выпуклое: горячие деревья за окном, ощущение, что, если ты едешь к одному, он всматривается в бурую тьму твоего приближения близорукими нефритовыми глазами кошки, а издалека другая выглядывает тебя, морщит горестно и гордо веснушчатый нос. Не все дома.

Иногда вместо моего автобуса мне подгоняют автосредство иной породы. Эти двойники принадлежат конкурирующей компании «Борзая», они не прохладно-зелёные, а серые, вид у них посерьёзнее, поделовитее, похищнее. Такие подмены смущают меня, в дни, когда судьба заталкивает меня в «Борзую», я скучаю по «Питеру Пэну», который гораздо чётче переводит состояние в фигуру речи: моё неместо – это замирание в форме, в которой, казалось бы, замереть нельзя, но вот же. Вечно движущийся, вечно становящийся, вечно мальчик, тот, кто никогда не придёт, не угомонится, не кончится.

Младшая

Я с удивлением наблюдаю, как ты рассекаешь, разламываешь мои предложения, как фрукт, выплевываешь косточку и говоришь:

– смотри, так гораздо лучше, теперь все ясно и понятно.

– ничего не понятно, – смеюсь я, но с радостью пробую на вес, на ощупь эти ~~отредактированные~~ вещи.

...

Крокус пробивался сквозь мартовскую датскую почву, как древко копья с запекшейся на нем мерзлой кровью, древко копья воина подземного воинства. Если допустить, что участников эльсинорского бесчинства похоронили со всеми доспехами, чье бы это могло быть копье, размышляла я? Жирного, нетерпеливого Клавдия, бестолкового Лаэрта или его, самого-самого-самого уставшего от эпитетов персонажа? Серое неживое море выступило коркой на берег, а напротив, через шоссе, сквозь снеголед проступили крокусы. Был март, кривой палец на дорожном знаке, утверждал: за поворотом находится замок Helsinor.

Я оказалась тут на поэтическом фестивале в несколько удивительном качестве: организаторам пришло в голову присоединить к четырем регулярным знаменитостям кого-то на роль подмастерья и соглядатая, пажа и оруженосца. На кого можно было указывать неопределенно и снисходительно: вот, мол, оно, *наше будущее.*

Мне было 18 лет, и по сравнению с долгими и тяжкими историями письма каждого из них, я была, как в розовой сукровице рыльце крокуса, не до конца пробившегося через корявый снег.

Странно думать, что теперь троих из них уж нет, а четвертый, говорят, отшатнулся от букв, изменил им с тенями иного рода, наводимыми ровным и равнодушным буквально ко всему крымским солнцем на фотокамеру.

Мы в самом деле делали то, что полагается поэтам в ситуациях этого рода, занимались литературой, ели, и пили, и все шли куда-то в молчании. Это я помню слабо, память разобрала ту неделю, как пропылившуюся под столом головоломку, триумф дождливого вечера, на отдельные кусочки: здесь краешек моря, там сбитый каблучок, там язык пса.

Я мало понимала тогда, какого именно масштаба личности и дарования были выданы мне в недельное личное пользование, я приняла за данность, что передо мной поэты, этого мне было достаточно, и стала одновременно бежать к ним и от них (что и по сей день осталось моей главной стратегией в отношениях с существами этого толка). Как мокрый пес бежит вдоль морской кромки, то к хозяину, то от хозяина, я приближалась к объектам наблюдения и удалялась от них, в удивлении и тревоге.

1. И.

читал свои стихи медленным тяжелым голосом, если бы у дерева, у камня мог быть голос, он бы звучал именно так. Казалось также, что процесс декламации причинял ему что-то вроде беспокойства или легкой боли. Он никогда не сверялся с письменными версиями своих стихов, все это жило в нем, в его памяти своей неуютной сосредоточенной жизнью. Мы с ним оказались связаны непрямой связью, ходом коня: его когда-то любила женщина, с которой я когда-то дружила, поэтому он сразу же заявил, что будет за мной присматривать и защищать. Естественно, в Дании, мирной до ощущения летаргии, защищать ему меня пришлось прежде всего от себя самого.

Каждое утро мы гуляли вдоль моря *и резвились*, и он мне рассказывал про сестер и братьев и грохочущее от лесных запахов и звуков сибирское детство. Каждый вечер в тот самый час, назначенный его коллегой по цеху и предшественником по умению *оборачиваться*, Александром Б., он от одной только, казалось, мысли об алкоголе превращался в неодушевленную мощную вещь и начинал крушить и разбрасывать мебель к восхищенному ужасу робких скандинавских литераторов.

Перед тем, как *обернуться*, он каждый раз окидывал меня усталым взглядом и приказывал мне немедленно исчезнуть, что я и исполняла беспрекословно, молниеносно. Наутро же он будил меня суровым стуком в дверь и протягивал чашку огненного, лаве подобного кофе. «Ну, пошли уже,» – раздавался недовольный каменный бас.

Начинался новый оборот времени.

В одно из самых ярких утр, мы дошли по краю моря до туристических развалин (на месте явлений обездоленного призрака в 18-м веке отстроили глянцевый новодел): он учил меня на глаз выбирать среди валунов самые надежные, устойчивые. Я выбирала, и тут же валун коварно кренился и сбрасывал меня в воду, как неловкого новичка на родео. После пары позорных плюхов и оханий И. отдал мне свои башмаки и сам пошел по песку босиком.

«Да, дуру учить, только портить!», – мрачно провозгласил он и в утешение подарил мне прозрачную зажигалку, в которой болтался бестолковый, тоже казалось, несколько навеселе оранжевый краб. При извлечении пламени, краб как бы оживал и приветствовал пытающего его резвой культей. Мы курили, сидя на камнях, И. подставлял солнышку большое, неровное, вероятно, красивое лицо, отдыхая от недавних саморазрушений. Редко когда, до и после, во всю жизнь, я чувствовала себя так надежно и тихо, как с этим диким человеком, про которого Е. с удивлением рассказала мне, что после одного из чтений он вырвал из кадки пальму, вероятно, первенства, и понесся за американским поэтом, чьи стихи возмутили его в тот вечер своим нецеломудрием.

2. Е.

Е. с первого взгляда показалась мне эльфом (хотя на самом деле первый взгляд произошел гораздо раньше, именно с ее чтения, на которое меня притащила мама, для меня началась эта тема: наблюдение, приглядывание за поэтами, и тайное знание, если поэт настоящий, ощущение от этого столкновения будет физиологическим, во время того чтения у меня стал уныло ныть живот).

Я заприметила ее еще в Пулково-2, мы летели в Данию на одном самолете. В аэропорту ее провожал нервный пуделеобразный мужчина, и прощались они вообще нервно, пытаясь не глядеть друг на друга. Она не любила ни с кем встречаться взглядом, была не по-хорошему застенчива, то есть надменна. Не только миниатюрность и красота ассиметрично детского лица, но и аррогантность наводили на мысль о Королеве Маб, всемогущей и вздорной. В самолете нас посадили рядом, она немедленно потребовала налить нам виски и курила, не останавливаясь. Эту сцену я отношу к разряду совершенного *никогда больше*: никогда больше с ней и никогда больше не покурю в самолете.

Она вообще была требовательна. Все должно было быть именно по ней, по ее воле. По ее воле мы блуждали в Копенгагене под ледяным дождем в поисках мраморного Кьеркегора: *если бы Вы знали, как он много для меня значит.* Найдя Кьеркегора, и убедившись в его серой дождливой негодности, она тут же произвела новое желание. Теперь мы должны были искать ей башмачки. В лавке она перемерила множество туфель и туфелек, все были оскорбительно велики. Я подумала тоже за компанию что-нибудь померить, но нежная датская кожа напряглась, и стала понятно, что бедный башмак сейчас лопнет с такой натуги. Мы являли собой какую-то азбучную пару антиподов, вроде «большой и маленький», слон в неловком томлении рассматривает муравья.

Она немедленно обратила внимание на это различие.

Однажды за завтраком, в приступе желчного похмелья она вынесла мне окончательный приговор, что, мол, задатки у меня есть, да только вряд ли из этого всего выйдет толк, так как слишком много во мне всяческого здоровья и смысла. Тогда я не отнеслась к этой фразе всерьез, но позже, читая заметки о юности Е. всепонимающей и всевидящей старухи Гинзбург, я подумала, что помогала тогда мерить туфли последнему порождению корневого питерского декадентства, чистейшей ядовитой пробы, и это мне теперь приятно и странно.

Утрами ее выманивал из номера, как вампира на свет, пылкий американский филолог, преданный без упрека и награды, он жалобно повторял ее имя, и оно как мячик подпрыгивало в гостиничном коридоре.

Ну пожалуйста! Выходи!..

3. А. и Г.

У А. Тоже были соображения насчет моего различия в размерах с малюсенькой Е.

Вот смотри, говорил он, и бесцеремонно брал мою голову в руки, как морду породистого щенка, «лицо у тебя не без потенциала, даже выразительное, с этим что-то можно делать... но, голубушка, уж придется постараться, похудеть»! Произнеся приговор, поэт двигался в столовую на завтрак, где выстраивал у себя на блюдце парфенон из сосисок и плюшек.

Сам он казался мне похожим на пухлого пупса в кудельках, и в его лице я особого потенциала не рассматривала. Он часто захаживал ко мне в номер, сначала, как я думала, польщенная, привлеченный моей беседой, но вскоре наблюдательная, несмотря на свою сивиллоподобную отвлеченность, Е. шепнула мне, что он охотится за сигаретами, так как свои у него все вышли.

Закуривая с наслаждением мою мальборину, из врученных расточительным датским издателем, А. ламентировал: «ты на них посмотри, – мастодонты! Ничего живого! Какое отношение они имеют к будущему словесности российской! Ты мне скажи!? Ну ничего, скоро это все пройдет, отпадет, наше с тобой время настанет!»

Я не была совсем уверена в подобной картине будущего, но, благодарная А. за включение в будущее российской словесности, помалкивала и была готова открыть ему новую пачку, алую, как юное сердце.

За ужином наша королева Маб с лицом веймарской кинобогинечки посмотрела на меня несколько осуждающе и к десерту собралась с духом объяснить причину своего свежего отвращения: «Вы знаете, вот я подумала, может, А. и прав: кто придет за моим поколением? Мелкие, прагматичные, бледные люди...» и она оглядела меня со смесью жалости и брезгливости. Выше сил моих было не поинтересоваться, сколько ее сигарет выкурил А., горюя с ней о ничтожестве младших.

Самый же старший из нас на чтение надевал национальный чувашский костюм: черную рубашоночку, расшитую яркими полевыми цветами. Я совсем умудрилась не обратить на него внимания, по причине его ласковой тихости, о чем сейчас жалею. Единственное, чем он удивил меня, это привычкой сочно щипаться, которая казалась мне скорее достоянием веков уж совсем минувших, чем-то если не из мольеровского, то из чаплинского репертуара. Щипался он всегда приветливо и одобряюще, обычно после того, как была моя очередь читать, так что я эти синяки приписывала его удовольствию от моей Музы, уже терявшей, увы, идеальную гибкость и послушание отрочества.

Много чего еще произошло за ту неделю, мой первый иноземный моржеподобный издатель, знаменитый также невыносимой красоты изданиями Генри Миллера и де Сада (как он посчитал принадлежащими к этому ряду мои непрозрачные, страшные детские стихи, понять сложно), выкрикивал слова о том, что, как издатель, он за меня возьмется, и оседал в объятья своей робкой, молоденькой, обожающей подруги.

А еще я подружилась с той, что стала мне наперсницей и утешением на всю мою горькую и дикую юность. С Х., шведским поэтом, мы очень много смеялись тогда и это была одна из редких, важнейших жизненных вспышек понимания, что близость, как шаровая молния проходит сквозь перегородки языка, культуры, возраста, чего угодно. Никогда не знаешь, где ударит и как обожжет. Мы ходили и лазали с ней по Эльсинору, вызывая недовольство у замерзших туристов своим хохотом и топотом, а потом пили приторное, вонючее горячее вино, так лилось тепло.

Там произошло много важного, но почему-то в последние дни именно осколочки, мишура бесед с четырьмя великими несносными поэтами прорываются сквозь жирную пленку беспамятства: и запах Северного моря, и нелепый, не ко времени крокус, и утешительное ворчание И., поднимаются во мне на мгновение, как приступ боли, и проходят.

Поворачивался к вихрю спиной

Смех не может ничего убить. Смех может только придавить.
Василий Розанов

Август 1941-го. Ленинградские писатели Евгений Шварц и Михаил Зощенко садятся сочинять агитпроп – пьесу «Под Берлинскими липами». Садятся, в общем, зря: пьеса навсегда сойдет с репертуара уже через 7 спектаклей: представление фашистской Германии как беспомощной и потешной в условиях сгущающейся блокады внезапно тактичные цензоры сочли неуместным. По дошедшим до нас следам, пьеса, как и многие, многие другие произведения названых авторов была ужасна: мертворожденная пропагандистская вампука.

Однако это совместное и напрасное усилие позволяет нам посмотреть на них, на вероятно самых странных гениев *петролениграда*, Зощенко и Шварца, – вместе. Зачем-то мне нужен этот парный портрет, обрывок сравнительного жизнеописания, чтобы начать говорить то, что я хочу сказать: то, как на отвратительном, безжалостном ветру ленинградского века они стояли и не падали, или падали, но в процессе и в результате письма.

У них ведь немного общего: один невероятно знаменит, причем молниеносно, похожей на бенгальский огонь славой вундеркинда, другой еще известен вполне глухо, начало его на редкость медленное, рассеянное; один поразительно нормален, духовно здоров и трезв, другой безумен, идеально невротичен, во время бедствий войны увлечен поиском причин глодающей его меланхолии; так хорош собой, что выносить это можно было только из-за противоестественно-шафранного, мертвенно-матового, воскового цвета лица (отравлен ипритом при газовой атаке еще в юности), другой же на вид вполне зауряден, полнеющий, лысеющий, уютный (по ловкому наблюдению современника, «патриций времени распада империи»: именно изменению его формы удивлялись многие, увидев его в дистрофии и цинге в эвакуации);

Один настолько примерный семьянин, что его прелестная, тяжкая жена после его смерти покончит с собой, другой, как принято нынче говорить, строго придерживается устоев полиамории и не доставался вполне никому.

Совершенно несходные, они сели писать вместе (вроде бы засадил их Акимов, еще один дэмонический водитель душ человеческих и актерских в том городе). Сам акт их совместного письма примечателен, важен для нас: Шварца и Зощенко роднило уникальное ощущение смешного, его возможностей, его границ, его пластики.

Мальчиком (в 1919 г.) Зощенко напишет о Тэффи, самой остроумной женщине в истории русской литературы (была еще, конечно Ахматова, но та выбрала не впустить ни микрона смеха в свое письмо, распылила, раздула как поздний одуванчик по ветру семена острых слов):

Сущность ее рассказов, основа их печальна, а часто и трагична, однако внешность искренно смешна.

Собственно это, эти слова Зощенко о природе смешного у Тэффи, и есть искомая формула, чтобы описать смех следующих за Тэффи гигантов смеха: точнее этого уже никто не скажет. За случайную, нелепую пьесу мучительно-тревожным ленинградским летом 1941-го сели два автора, сумевших слить смех и ужас и, что самое удивительное, сделали они это публично, они сделали это *публикабельным*. В середине беспрестанно кровавящего и бдящего века им двоим удалось *издавать* такой смех, который даже до поры до времени сверху не заглушали, заглушали, но не совсем, не сразу до смерти:

чудовищный смех для внешнего использования (смех над чудовищами, смех чудовищ).

В невероятно сентиментальном, однако и ценном для нас исследовании биографа Шварца Биневича производится попытка разобраться, как именно происходило соавторство, кто отвечает за какие фрагменты мертворожденного произведения о Берлине и его липах. Там, где сохранилась рукопись, это легко – у Шварца тряслись руки (по разным сведениям: то ли после сражения на стороне эсеров, то ли после бегства от первой жены, фаталистой красавицы, с которой списана Мачеха в «Золушке», то ли после гибели Олейникова), –
но в принципе : работали они вместе, были за/одно.
Они вместе создавали свой первый блокадный текст.

Блокадная история Зощенко жалка, тянет и сосет сердце:
Его выслали, спасли уже в сентябре 1941-го, он как и многие эвакуированные (*выковырянные*) голодал, бедствовал и, как многие, ощущал себя не у дел, писал тоскливые письма оставшимся в блокаде жене и не вполне душевно здоровому сыну.

Шварц же себя спасти не давал очень долго: до декабря. Позднейшие воспеватели Шварца с придыханием и умилением отмечают, что Шварц пережил в Ленинграде самое тяжелое время. Приводится только одно высказывание иного рода, Эйхенбаума, о том, что Шварц уехал *вовремя*, и не узнал, что такое блокадные январь и февраль (Эйхенбаум узнал). Шварц уехал глубоким дистрофиком, в самый последний **возможный** момент: *до* декабря в городе было возможно выжить, страшно трудно, но возможно, *после* там все стало невозможно.

Любопытно, что для обоих блокада оказалась роковым рубежом: тут Зощенко кончился, а Шварц начался. Война смяла и надорвала Зощенко (одиночеством? Блужданием в нищете по дивным восточным базарам? Отступлением от смеха?), а ждановское постановление, как известно, доконало его, вырвало у него сердце.

И тут мизансцена повторяется: скверная пьеса, наши авторы-как-герои. (До нас дошло описание театрального критика Цымбала):

1946-й год, снова август. Зощенко устраивает читку еще одной невероятно скверной своей пьесы. (Диву даешься, сколько халтуры произвели любимые авторы, и даже не без некоторого задора). Его слушают Шварц, Акимов и театровед Цымбал (пикантность: они уже знают о начавшейся расправе, Зощенко еще нет, – реплика знаменитого апокрифа о том, как уже знающий Зощенко взывает к еще не знающей Ахматовой «что же теперь делать?!» и та, уверенная, что речь идет о крушении очередной любовной истории, произносит «Терпеть, Мишенька, терпеть»). Акимов не выдерживает напряжения, выходит, Шварц сидит и слушает как влитой, молчит страшным молчанием, весь скукожившись от сострадания и намерения восхищаться жалкой халтурой, сколько сил хватит.

Описание этой сцены у Цымбала замечательно подробно:

Зощенко, удивленный молчанием всех, кроме Шварца, выходит в задумчивости (выходит он здесь и из моих рассуждений), и Шварц выдыхает: «Я был в аду».

Что же это был за ад?

Шварц наблюдал человека накануне, на грани расправы и погибели (шелестел слух, что перед тем как умереть *естественной смертью*, Зощенко после постановления пытался покончить с собой). Он, величайший эмпат писательского советского века, совершенно видел, ощущал состояние своего соавтора и двойника.

Заметки Цымбала о Шварце тонкие, великодушные, печальные, при этом, как и все, кажется, остальные авторы посмертного сборника воспоминаний-похвал, автор не забывает сказать слово о Шварце как о добряке, сказочнике, несколько глуховатом и не вполне в себе, волшебнике из «Золушки» Шварца и Кошеверовой.

А вот, что добрый, подслеповатый волшебник и сказочник Шварц пишет о своем деликатном друге театроведе Цымбале:

«Цымбал существо своеобразное. Голову ему не оторвало …, но он до того ее втянул в плечи, что практически дело сводится к тому же.

Мне жаловаться грех, лучшие статьи обо мне написал он, но когда я вижу его длинное лицо с выражением сомнамбулическим, то испытываю страх: он давно разлагается…»

Как было уже упомянуто, именно с блокады начинается величие писателя Шварца, постепенно сквозь тьму и мерзость запустения продираются его лучшие пьесы и сценарии. Но и это новое начало, я бы даже сказала прорыв, дались ему мучительно. Чудом выбравшись из блокады, где они с *Катенькой* провели свой ноябрь на забитом досками, слепом чердаке, дрожа от тех самых, рифмующихся голода и холода, Шварц начинает писать: в первую очередь, конечно, пьесу о блокадной тьме, а во вторую, непонятно что:

Пьеса «Одна ночь» выйдет скованной, невзрачной, косноязычной (всегда безжалостный в своем самоанализе Шварц точно определит почему: «можно писать плохо даже о мертвецах, но нельзя о смертниках»), но проза, проза его амбарных книг, которой он скорее мучился и смущался, не вполне прочитанная нами еще, его проза блестяща, свободна, принадлежит ему одному, являет собой совершенно отдельную и самостоятельную и упоительную область отечественной словесности.

О чем амбарные книги Шварца?

О детстве, о жене, о вокзалах, о кошках, о еврействе, о музыке, о женском идеале – всетерпящей Екатерине Николаевне Заболоцкой (в конце супружества оказавшейся ко всеобщему удивлению скорее героиней Достоевского), о детстве и снова о детстве.

Она вся – о времени. Для меня это один из наиболее полно воплощенных аналогов Пруста в русской литературе – в связи с Прустом мы говорим о Добычине, Лидии Гизнбург, даже Пантелееве (возможно, наиболее страстном понимателе Шварца среди современников), но ведь вот, в этой зловещей, маниакальной, разительной галерее портретов у Шварца мы можем ощутить время, если посмеем. Как шум морской из раковины, голос прозы Шварца доносит до нас *из и из-за роли сказочника* приговоры современникам, современности. Среди прочего, принося новый смысл в идею «документальное письмо», нон фикшн.

Чего мы не находим в этой прозе – так это лжи: здесь он создал такой Мир, где произносил только совершенно невозможную к произнесению правду. Он называет палачей палачами, сладострастников сладострастниками, гениев гениями, он пишет такое о своем лучшем друге Николае Олейникове, что после этого страшно выключать свет на ночь (впрочем я и так давно не выключаю).

В публикабельной его драматургии дело обстояло сложнее: здесь все мерцает, фокусник вечно дразнит публику подкладкой плаща, у кролика в пасти виднеется змеиное жальце.

Главная тема Шварца – умершие заживо, принявшие смерть от своего времени: об этом «Тень», «Дракон», этот мотив звучит в «Золушке», самом его удачном киносценарии. Именно это занимает его: формы, которые принимает душа под пыткой несвободы, формы поведения носителя такой души.

Вот как он ее, эту душу описывает:

«Смесь таланта, трусости, простоты как формы хитрости, здоровья и насквозь больной, запыхавшейся и надорвавшейся души. Во время одного из многочисленных совещаний по детской литературе писатели встретились вечером в кабачке на Арбате... Олейников любовался беседой двух хитрецов-простаков, Чарушина и епископа сей области поведения Пришвина. Епископ поучал негромко Чарушина, и тот вопил в экстазе простоты: «Учите меня, учите, мне это так нужно!»

Читать эти записки захватывающе и страшно: вот Шварц описывает остроумца и протея круга Детгиза Ираклия Андроникова:

«В Ираклии трудно было обнаружить единое целое. Он все менял форму как туман или дым. От этого трудно было схватить его отношение к окружающему. И он страдал. Его водили к гипнотизерам чтобы излечить нервы».

В чем заключалась нервная болезнь прелестного и талантливого Ираклия: в бесформенности, в бесхребетности?

Андроников сдал властям всех ОБЭРИУтов, особенно постарался он в живописании Хармса: *гения опасной, антисоветской зауми* (Андроников ничего не понял: *за Умь* есть дело не анти-, но а-советское).

Сколько раз в пьесах Шварца мы видим такого персонажа-оборотня, меняющего форму «как туман»?

Писателя интересуют формы поведения ему подобных – интеллигентов и интеллектуалов ленинградского века, людей отчаянно пытавшихся сохранить при себе свою тень, за редчайшими, фантастическими исключениями, не умеющими справиться с этой задачей.

Меня остро поразило такое описание знаменитого врача: «Дембо Александр Григорьевич...Он никак не глуп, но и не скептичен, хоть и холодноват....Кожа обеих рук у него изуродована, блестит, кажется тоненькой, неестественно розовой, словно воспаленной. У него во время опытов взорвался кислородный баллон, дверь заклинило и он пытался открыть горящие створки руками. Сейчас Дембо уже доктор наук. Считается одним из лучших кардиологов города. Его били смертным боем по причинам, далеко отстоящим от науки, но образовались ли в душе его места, столь же деформированные, как кожа на руках – не разглядеть.

Сейчас он приходит ко мне в качестве лечащего врача, – а эти дни с помощью кардиограммы установили, что у меня был инфаркт. Взгляд врача холодноват и заперт на семь замков, но не так, как у людей застенчивых или надменных, а как у наученных горьким опытом. Это замкнутость травматического порядка. В диагнозах своих он точен».

Неизвестный нам теперь доктор Дембо кажется персонажем архетипическим: он испытан временем, он от этого времени, буквально, чуть не сгорел, однако выжил. Огонь замкнул его и сделал точным диагностом. Кажется, Шварц говорит о себеподобном, а может и вообще о себе. Автор бесконечного количества листов халтуры, душка и озорник, Шварц спрятался за иронией, за Эзоповым языком, за прелестью своей персоны и из этого места («кто не спрятался, я не виноват!») всех разглядел и нам рассказал: Зощенко и Акимова, Хармса и Берггольц, Гора и династию погибших в блокаду кошек.

Умирал он, баловник позднего успеха, мучительно: инфаркт за инфарктом разрубали, буквально, разрывали ему сердце. Подобный дар зрения с жизнью был не совместим.

Однако, от гения всегда бывает хоть какая, да польза: дачу Шварц делил с семьей своего приятеля Юрия Германа, тщетно учил его сына, толстого, капризного мальчика математике, перешучивался с ним и даже иногда они шли прогуляться вместе, но недалеко, далеко Шварцу было уже больно[1].

[1] Опубликовано в сетевом издании «Сеанс», ноябрь 2018.

Пейзажисты

1. У озера

Нина (Тригорину): Не правда ли, странная пьеса?
Тригорин: Я ничего не понял. Впрочем, смотрел я с удовольствием. Вы так искренно играли. И декорация была прекрасная.
(Пауза).
Должно быть, в этом озере много рыбы.
А.П. Чехов, «Чайка»

Чехов не хотел ехать в имение Турчаниновых, полагая, что из этого ничего хорошего выйти не может. Однако, из этого вышла пьеса, – одна из наиболее живых и тревожащих нас по сей день пьес мирового репертуара.

Туда Чехова звал его лучший, возможно, единственный, друг (двойник, демон) Исаак Левитан, которому была необходима забота и уход после якобы попытки самоубийства (якобы, поскольку по крайней мере один из призванных врачей не смог обнаружить даже следа от выстрела). На этот якобы поступок Левитан решился, окончательно запутавшись в своих женщинах. Не в силах убить себя, Левитан убил чайку: убил и бросил к ногам одной из досаждавших ему своей страстью искательниц.

От театральных страстей, обрамлявших жизнь его друга Чехов зачал свою пьесу, о которой и сегодня бесконечно спорят исследователи: О ком она? О чем?

Если мы посмотрим на список действующих лиц в «Чайке», мы поймём, что чего-то тут не достаёт: озеро, без которого вообще бы ничего не было, там не указывается, однако же оно действует. Это «колдовское» озеро «во всем виновато».

Кроме колдовских качеств, озеро это также обладает качествами эстетическими/прагматическими: его использует как декорацию юный драматург и режиссер Треплев: (окидывая взглядом эстраду). Вот тебе и театр. Занавес, потом первая кулиса, потом вторая и дальше пустое пространство. Декораций никаких. Открывается вид прямо на озеро и на горизонт. Поднимем занавес ровно в половине девятого, когда взойдет луна.

Озеро – действующее место пьесы, которая становится причиной раздора между отцами и детьми, архаистами и новаторами, собравшимися в жаркой усадьбе. Поединок, в котором погибает чайка, это поединок между старым и новым видением – театра, любви и природы. Замечательно что эти два видения совпали во времени ещё молоды в силе были великие реалисты (Тригорину нет сорока), но уже входили в голос те, кому было суждено их «отменить» (хотя и временно, занавес символизма недолго промерцал на русской сцене: между разными явлениями реализма).

Конечно, главный вопрос «Чайки» – именно вопрос эстетический, все в этой пьесе спорят о том, как надо писать, играть, вообще быть творцом. Все, от врача до управляющего, дают советы имеющимся в наличии авторам, как им нужно работать и жить.

Особенно в этом смысле везет юному символисту Треплеву, его учат жизни и литературе все присутствующие без исключения, как слоненка в сказке Киплинга (только вместо хобота он в итоге утилизирует ружье).

Тем вечерним вечером сошлось реалистическое и символическое письмо. В пьесе эти два взгляда находятся в постоянном раздражении друг другом (дело доходит до вызова на дуэль), но и во взаимном любопытстве взаимодействии (как мы помним, и во фразе «архаисты и новаторы» в первоначальном варианте был дефис, а не противопоставляющий союз). Тригорин (сделанный из Чехова, и Потапенко, и Левитана) и Треплев притягивают и отталкивают друг друга:

Мои заметки посвящены этому процессу *тянитолкайства*.

Тригорин: ...ведет себя крайне бестактно. То стрелялся, а теперь, говорят, собирается меня на дуэль вызвать. А чего ради? Дуется, фыркает, проповедует новые формы... Но ведь всем хватит места, и новым и старым, – зачем толкаться?

Разговор о новых и старых формах, вероятно вызывавший немалую досаду у самого Чехова, вживлен им в его литературного двойника:

«Афиша на заборе гласила... Бледное лицо, обрамленное темными волосами...» Гласила, обрамленное... Это бездарно. (Зачеркивает.) Начну с того, как героя разбудил шум дождя, а остальное все вон. Описание лунного вечера длинно и изысканно. Тригорин выработал себе приемы, ему легко... У него на плотине блестит горлышко разбитой бутылки и чернеет тень от мельничного колеса – вот и лунная ночь готова, а у меня и трепещущий свет, и тихое мерцание звезд, и далекие звуки рояля, замирающие в тихом ароматном воздухе... Это мучительно.

Пауза.

Да, я все больше и больше прихожу к убеждению, что дело не в старых и не в новых формах, а в том, что человек пишет, не думая ни о каких формах, пишет, потому что это свободно льется из его души.

Даже «это», то есть вдохновение, письмо, творчество у Тригорина *льется*: вода, река, озера и работа странно и крепко связаны в этом месте (в другом месте он проговаривается, что если бы мог всегда удить рыбу, писать бы вообще не стал).

...Зачем оно нужно вообще, это озеро?

Какую роль играет изображение природы в тот момент, когда реалистическое и символистское изображение явились потягаться друг с другом?

Мы знаем, чем являлось озеро Островно в жизни Чехова и Левитана. Укрытием, утешением, символом веры и победы. На его берегу генеральша Турчанинова выстроила своему художнику студию, чтобы он работал не отвлекаясь. Однако же, отвлекаться он не перестал.

Предавался, как водится, рыбалке и охоте, а также любил отвезти на озерный остров и оставить там загорать и резвиться местных наяд (яростно влюбленных в него дочерей Турчаниновой и актрис Яворскую и Щепкину-Куперник, которых за дружбу между собой а также с ним и Чеховым изгнали из гостиницы «Лувр» – за оргии).

Озерные виды удавались Левитану именно таким образом, что росла и крепла его слава выразителя чаяний и тайных настроений русской души. Русскому душой еврею Исааку Левитану место в российской империи могло быть обеспечено только таким образом: ценой продажи зрителю квинтэссенции его представлений о своем крае, конечно, тихом, таинственном, просторном, светлом (как собственно, и душа). О пристрастии художника Левитана к открытому воздуху мы сегодня судим, не в последнюю очередь, по гениальному пасквилеобразному рассказу «Попрыгунья» все того же его лучшего друга.

Вообще, хочется отметить, любовь Чехова изображать в издевательских тонах своих близких в своей блестящей прозе не может не вызывать оторопи и любопытства.

В той же «Чайке», например, Чехов вывел всех своих знакомых актрис, нелюбовь всей своей жизни Лику Мизинову и всех своих друзей, включая себя, то есть Потапенко и Левитана. Писатель Тригорин произносит одно из самых своих знаменитых *know how* для начинающих писателей: о горлышке бутылки, в котором отражается и суггестируется летняя ночь.

То же самое Чехов пишет в письме брату Александру в 1886 году: природа должна быть упомянута кстати и <u>служить</u> действию, роль ее второстепенная, роль слуги прислуживать сюжету: «...хвататься за мелкие частности, группируя их таким образом, чтобы по прочтении, когда закроешь глаза, давалась картина... Например, у тебя получится лунная ночь, если ты напишешь, что на мельничной плотине яркой звездой мелькало стеклышко от разбитой бутылки и покатилась шаром черная тень собаки».

Именно эти мелкие черты, по которым воображение читателя могло бы дорисовать остальное давались Чехову особенно хорошо, что, впрочем, совсем не вполне его устраивало. Талант оживлять летнюю ночь письмом казался Чехову недостаточным.

Вот я с вами, я волнуюсь, а между тем каждое мгновение помню, что меня ждет неоконченная повесть. Вижу вот облако, похожее на рояль. Думаю: надо будет упомянуть где-нибудь в рассказе, что плыло облако, похожее на рояль. Пахнет гелиотропом. Скорее мотаю на ус: приторный запах, вдовий цвет, упомянуть при описании летнего вечера.

Я люблю вот эту воду, деревья, небо, я чувствую природу, она возбуждает во мне страсть, непреодолимое желание писать. Но ведь я не пейзажист только, я ведь еще гражданин, я люблю родину, народ, я чувствую, что если я писатель, то я обязан говорить о народе, об его страданиях, об его будущем, говорить о науке, о правах человека и прочее и прочее, и я говорю обо всем, тороплюсь, меня со всех сторон подгоняют, сердятся, я мечусь из стороны в сторону, как лисица, затравленная псами, вижу, что жизнь и наука все уходят вперед и вперед, а я все отстаю и отстаю, как мужик, опоздавший на поезд, и, в конце концов, чувствую, что я умею писать только пейзаж, а во всем остальном я фальшив и фальшив до мозга костей».

Однако эта теория не вполне сочетается с практикой как в ранней «Степи» так и в позднем «Студенте», например, природа делает гораздо более, чем создание подходящей атмосферы: она действует. Она и есть действие, то есть действие происходящее в природе параллелит с основным сюжетом: не пересекаясь с ним, но и не отвлекаясь, в работе Чехова природа и жизнь постепенно сливаются в одно.

Именно в «Чайке» Чехов придает своему озеру эту жизнь, жизненность:

«Ваше охлаждение страшно, невероятно, точно я проснулся и вижу вот, будто это озеро вдруг высохло или утекло в землю».

Чувство как озеро, объединено здесь метафорой, однако это объединение, слияние уже необходимо и поэтому уже происходит. Помимо страсти к головлям и местным наядам, которых немало было в озере, Левитан и Чехов питали страсть к чтению. В ту пору одной из наиболее живо заинтересовавших книг оказался Метерлинк. Любопытно, что «перелившись» в своего героя символиста Треплева, Чехов смог сконструировать способ письма ему чуждый, но его интересовавший: и когда со сцены, окруженной декорацией озера, заговорила вечная душа, Чехов говорил голосом будущего, который он пародировал и которым интересовался одновременно, то отдалял, то приближал.

2. Творец будущих знаков

Вечная, одинокая душа Нина Заречная, в результате всей этой истории уже не различавшая, чайка она или актриса, душа, оставшаяся одна, – без своих птиц, даже без своих насекомых: «На лугу уже не просыпаются с криком журавли, и майских жуков не бывает слышно в липовых рощах. Холодно, холодно, холодно. Пусто, пусто, пусто. Страшно, страшно, страшно».

Это – очень женственное воплощение всех прочих душ и при этом очень связанное со своей декорацией, озером, темнеющим лесом, с отсутствующими орлами и куропатками.

Треплеву для создания нового искусства нужен именно такой взгляд, такой голос: очень странный (странный по крайней мере по мнению «не догоняющих» отставших читателей и зрителей). Однако рядом с Чеховым уже возникал и требовал внимания другой взгляд: допустим взгляд актрисы Комиссаржевской, не боявшейся ничего.

Не только за Чеховым, но и к Чехову шли те, кому пьеса Треплева категорически бы странной не показалась. Те, для кого природа была не очаровательной, многозначительной (и малобюджетной, что важно, учитывая, что все пьесы Чехова это также пьесы о заработках) декорацией, но способом говорить, главной тайной:

Есть очень серьезная тайна, которую надо сообщить людям. Это то, что земля их очень любит.
Всем поэтам, творцам будущих знаков – ходить босиком, пока земля летняя. Наши ноги еще невинны и простодушны, неопытны и скорее восхищаются. Под босыми ногами плотный соленый песок, точно слегка замороженный, и только меж пальцев шевелятся то холодные, то теплые струйки.

Это пишет Елена Гуро, одно из самых ярких, самых тихих, самых важных, самых недопрочитанных и нерассмотренных деятелей русского модернизма. Гуро была единственной пишущей женщиной среди футуристов. Они не только терпели ее, они относились с огромным вниманием к ее работе. Работе удивительной: на сломах, на швах между разными способами письма (мне ее работа более всех напоминает работу поэта Анненского, где декадентство и эксперимент неотъемлемы).

Особенно любопытное для нас качество работы Гуро – то, что она гибридный творец (писателехудожник) и то, что взгляд ее часто, если не большую часть времени обращен к природе.

То есть можно сказать что то, что вместе придумали/воплотили Треплев, Чехов и Левитан, монолог Заречной, на самом деле могло бы принадлежать Гуро, стремиться к ней. Но если Чехов/Треплев говорит *за* Заречную (про которую нам никогда не дано понять, талантлива ли она, кто она есть вообще?), то, читая Гуро, мы слышим, что имела сказать о природе та самая одинокая вечная душа: сама.

Ведь Гуро не только собирательный образ символиста, художника будущего, она также и свой персонаж: смотрящий на вещи иначе.

Гуро постоянно рисует и пишет предметы природы: в блокнотиках, записных книжках возникают *листики елочки, цветочки.*

Природа Гуро кишит отдельными, всегда одушевленными предметами и именами уменьшительными: эта природа всегда ранима, всегда в опасности, в частности в опасности превращения:

Полевые Полевунчики,
Что вы на меже стоите – на межу поплевываете?
Затем поплевываем, чтоб из слюнок наших гречка
выросла...
Полевые Полевунчики,
Что вы стали голубчиками?
Мы не сами стали голубчиками,
А знать тебе скоро матерью быть –
То-то тебе весь свет приголубился.

Вечно-женственный взгляд Гуро на природу также есть взгляд всегда материнский, однако материнство это чудовищно: и в этом декаденты шли за своими старшими товарищами... Если Чехов «убил» ребенка Нины Заречной (предвидев смерть ребенка Лики), поскольку никому из них не нужны были дети от их высоко эстетических страстей и споров, то художник следующего поколения, Гуро, своих детей измышляет уже сразу призраками. Образ призрачного сына настолько явен в ее стихах, что и во многих мемуарах о ней мы читаем, что сын, кажется, был, но куда-то исчез...

В ее текстах, которые для хоть какого-то упрощения помещают в рубрику «Стихи в прозе», задача именно такова – разрушения границ, между стихами и прозой, между собой и миром, в котором ты живешь:

Я стояла одна в поле.

Еще последним белым отсветом блестели белые змеи берез. –

Вдруг зашептала таинственным колючим зловещим шопотом рожь...

Воздух закрутился...

Все сверху покрыла холодная волна бури.

Тогда я оглянулась, ища разгадку тревоги ржи, воздуха и деревьев...

И..

я поняла на мгновение что-то страшное и великое как стихия.

Говорящая личность у Гуро – это всегда личность, неотъемлемая от пейзажа.

Символизм осуществил то, что крайне интересовало реалистов Чехова и Левитана (при том, что реализм их, особенно поздний, уже достаточно близко подошел к тому, что прагматически объяснить сложно, допустим в «Черном монахе» или в «Над вечным покоем») – символизмом была разрушена грань между субъективностью личности и субъективностью природы.

И все видели прутики трогательные у мокрой скворешницы.

И этот миг безгрешный ждал воскресения.

Видят прутики все, но именно ждет миг, как все раскроется, изменится, тайна обретет смысл, даже прутики и головли его обретут, не надо будет бесконечно, безрадостно производить тень от луны, но самим можно будет стать этой тенью.

Когда я думаю о пейзажистах начала 20-го века во всей их разности, думаю о любимой своей сказке: «Калифе-Аисте» Гауфа, где главная мечта человека быть как птица, где можно неплохо прожить, оказывается, зная одно только волшебное слово: мутабор[1].

---

[1] Опубликовано в «Сними мне Левитана!» (каталог выставки «Исаак Левитан и авторский кинематограф», Еврейский музей и центр толерантности (совместно с Арт Гид), 2018.

Читая стихи

Олег Юрьев

* * *

Не голос, нет уже (– нам голос невозможен –).
Не музыка еще (– мертвы мы не на столь –)...
– Есть только скрып меча, ползущего из ножен:
Так звуков падает заржавая фасоль.

Куда бы я ни шел – не слышу я отзы́ва,
Куда бы я ни пел – не вижу никого.
– Лишь в море: скатная жемчужина отлива:
Так обнажается безмолвья вещество.

Но от зависших скал ко мне приходит эхо,
Со стоном шевеля пустых морей меха,
И падает к ногам, среди греха и смеха,
Горящей птицею стиха.

————————

(О муза, надевай же бранное убранство! –
Чужие голоса на кладбище твоем.
Нам нужно, чтобы жить, такое постоянство,
Как никому еще, чтоб просто жить вдвоем)

1983

Речь идет от первого лица множественного числа: опас-
ная, ответственная, возможно, провокационная позиция.
Кто это – «мы»?

Ленинградские, петербургские поэты его поколения? Не круг, но неопределенно мерцающая геометрическая фигура единомышленников, единонастроенных содумателей?

Или это «мы» всей поэтической традиции этого города, с того момента как в нем зазвучала своя особая, унылая, неряшливая музыка: пушек с Крепости, языковой взвеси, яростно оживленной, нерадостной толпы?

С того момента, когда этот город заговорил о себе особым, отдельным способом, который века спустя ученый определил, как «петербургский текст» русской литературы, русской поэзии?

Скорее же всего, это мы относится к той фазе петербургской поэзии, которая началась, когда Петербург кончился: фаза прощания с ослепительной, отвратительной мечтой о Петербурге. Прощание это длится уже век, и среди произносивших его оказались первейшие мастера, поэты, главным образом ответственные за наблюдение за жизнью языка (иногда мне кажется, что задача поэта сродни задаче замечающего и засекающего уровень наводнения, поэт следит, как высоко может подняться язык, какой отметки может он достичь).

Этот век прощания с местом поэзии был запредельно, страшному сну подобно – страшен: судьбы поэтов, о которых, от (лица) которых ведется/задается речь, кажутся нарочно придуманными, чтобы детей пугать: умер от голода в психушке тюрьмы, расстрелян по наговору, не осмелился прочитать при жизни ни одного своего стихотворения вслух ни одной живой душе, опустился, бомжевал, исчез – это только лидеры школы, маяки, что уж говорить о поэтических личностях менее внятных, видимых, более ломких и распадающихся на крики и шепоты.

От имени этого мира, этой интонации ведется речь в тексте Юрьева, речь о качествах/возможностях речи.

Говорящее «мы» помещается текстом Юрьева в своего рода чистилище, пространство между личным, живым, индивидуальным (голос) и общим, абстрактным, внестрастным (музыка).

Язык, которым говорят в этом пространстве, кажется, обращен к / сделан из условного языка поэзии 19-го века, вроде бы это перелицовка – так кажется на первый взгляд, однако приглядимся: во многом, это именно не/правильный, ненормальный язык, вневременной язык поэзии, всегда готовый к сдвигу, к ошибке, к оговорке (в этой готовности, возможно, и заключена та самая тайна поэзии, которой сурово домогалась петербургский поэт Анна Ахматова).

Такими поэтическими оговорками переполнена поэзия мастеров, вот мое любимое о северном ветре и водопаде у Боратынского:

> Я слышу: свищет Аквилон,
> Качает *елию скрыпучей...*

Такие искажения во множестве мы находим у Тютчева и Фета и у их наиболее чувствительного почитателя Блока:

> И улыбка твоя горяча,
> И целую тебя я в плеча!

Что это за плеча такие?

Язык заплетается от страсти?

Или в этих оговорках горит страсть иного рода, сознавать, что поэзия, когда желает, может все, что угодно, например, искажать падежные окончания?

Одним из главных акцентов, участков наблюдения этого стихотворения является особая жизнь языка между музыкой и безмолвием. Стих путает, плутает, создает мир, где зрение и слух – одно, где ты весь превращаешься в орган по восприятию, желанию стиха:

> Куда бы я ни шел – не слышу я отзы́ва,
> Куда бы я ни пел – не вижу никого

Этот способ воспринимать словесную музыку связан с бесстыдной, почти невыносимой красотой звука, причем, как было уже сказано, звука неверного, слишком увлеченного собой, нарциссического (хочется заткнуть уши воском, так ласкаются сирены: стихотворение это, кстати сказать, полно моря).

Почему это неверное, сбитое набок *отзЫв* так радует, так томит, так ласкает слух? Что помнит такое слово? Что обещает?

У ленинградского поэта Заболоцкого есть вполне страшное, конечно, позднее стихотворение «Читая стихи»: в нем разрешается старый спор чинарей между собою. Переживший всех прочих поэтов ОБЭРИУ Заболоцкий в последний раз поднимает голос на своего давно уже не могущего ответить собрата – Хармса, указывая ему на порочность его творческого метода:

И в бессмыслице скомканной речи
Изощренность известная есть.
Но возможно ль мечты человечьи
В жертву этим забавам принесть?

[...] Нет! Поэзия ставит преграды
Нашим выдумкам, ибо она
Не для тех, кто играя в шарады,
Надевает колпак колдуна....

Отчаянной диаде Заболоцкого (смысл/бессмыслица) Юрьев противопоставляет иное: безмолвье и эхо. Как эту сложную оппозицию следует понимать?

Тишине, наступающей после исчезновения города с его языком, его языками, поэт противопоставляет силу повторения.

Вернемся к разговору о Нарциссе и работе любящей его, но не умеющей его спасти от себя самого нимфы. Можно сказать, что работа скорби ленинградской поэзии в 20-м веке заключалась именно в бесконечном повторении, назывании, вызывании из тьмы. Поэзия Петербурга (Летербурга, Петро-Ленинграда) – как ни назови) в 20-м – это какофонический, мучительный, прекрасный хор длящих прощание, тех кого Юрьев всегда держал в уме, на палитре (вот они, оборачиваются, кивают, сдержанно улыбаются нам: Гор и Ривин, Зальцман и Егунов, Шварц и Филлипов, среди прочих).

Заканчивается стихотворение Юрьева, как и многие другие его стихи, обращением к возлюбленной-музе: камера как будто оступается и смотрит на не вполне дозволенное, доступное взгляду. Вот они бредут вдоль полосы прилива.

Куда? Зачем?

Любовники не могут не быть вместе.

Музыка ленинградской поэзии прощания не может не звучать: поэт Юрьев учил нас понимать, различать этот звук, а наше дело – учиться.

Памяти Олега Юрьева

«Есть точка зрения, что смерти идет молчание, что масштаб этого события таков, что мы, смертные, не должны сметь с ним тягаться.

Ушедший от нас 5 июля литератор Олег Юрьев посвятил свою работу оспариванию этой точки зрения. Слово «зияние», значимое в его словаре, было его личным неприятелем, раздражителем, причиной быть.

В своей критической прозе Юрьев занимался именно надзором над тем, чтобы немота истории, которую мы называем советской, не застлала нам глаза, не скрыла от нас тех, без кого народ русского модернизма неполный: под его защитой оказались Добычин и Зальцман, Григорьев и Егунов. Мощный танкомонстр канона, одобренного малолюбопытным и малотерпеливым читателем, постоянно пытается отторгнуть от себя тех, кто ему не по зубам, кто ему странен, чужд.

Именно с ними, за них стоял Юрьев в своих страстных, полных иронии и сочувствия эссе. Вообще, когда Юрьев говорил о своих «подопечных», в его голосе не было тишины, не было покоя, не было уверенности: это был нервный голос горя о судьбе и творчестве литератора под пыткой, в частности, под пыткой забвения.

Никто до него не написал, скажем, о Добычине с такой скандальной непримиримостью: Юрьев вообще отказал смерти в победе над тем, у кого не было ничего, кроме стиля.

Юрьев был историком литературы, эссеистом, покровителем и арбитром изящных искусств, романистом, однако все это во вторую очередь.

В первую очередь, 5 июля из русской поэзии был вычтен, в ней был прерван один из самых смелых поэтов нашего времени. Его смелость заключалась в умении, как это переформулировал за Шекспира Пастернак, быть верным самому себе. Юрьев считал, что задача стихотворения – сопротивляться смерти, любой, всякой, в частности, смерти традиции. Его интересовала традиция петербургского стиха: стиха-выскочки, стиха-(за)знайки, стиха, умеющего быть одновременно и Нарциссом и Эхо.

Он шел вслед за Анненским, Мандельштамом и Г. Ивановым, Вагиновым и Егуновым, Шварц и Мироновым. Это было его задачей – идти вслед, так чтобы следы не поблекли окончательно.

Перед нами, у нас, нам остались его стихи, его следы.

Стихи невероятного формального блеска и мастерства, стихи горя, стихи нелегкомыслия: они мерцают, как крошки, в лесу, в котором мы, его читатели, остались сейчас бродить, кажется, что без смысла.

Однако путь сохранен им для нас: можно читать эти невероятные светящиеся звучащие скопления звуков, трогать их губами: надежды нет, но и смерти нет тоже».

Вспоминаю
волшебную скороговорку

о поэзии Всеволода Зельченко

Гулял ли Тептелкин по саду над рекой, играл ли в винт за зеленым столом, читал ли книгу, – всегда рядом с ним стоял Филострат. Неизреченной музыкой было полно все существо Филострата, прекрасные юношеские глаза под крылами ресниц смеялись, длинные пальцы, унизанные кольцами, держали табличку и стиль. Часто шел Филострат и как бы беседовал с Тептелкиным.
Вагинов

Когда на фасады, что смеркли,
Ложится тяжелая мгла,
Попомни философа Беркли,
Завидев его от угла.
Зельченко

Я думаю о стихах одного из своих любимейших поэтов, сидя в душной октябрьской калифорнийской комнате, бесконечно далеко от тех мест, где мы попарно когда-то ходили с ним… (Впрочем, цитата из манерного Мортуса – Жоржика Иванова здесь не к месту.) Моя двухмесячная дочь Фрося смотрит на меня вопросительно и растерянно, и мне странно думать, что та область моей жизни, где рождались и звучали его стихи, для нее навеки – необетованная земля; что та значительнейшая часть моих воспоминаний, которая освещена его призрачным присутствием, для нее бессмысленна и закрыта.

А я так ясно помню – вот он выходит на сцену облезлого культурного заведения (кресла лоснятся, из дыр обшивки торчит серое) и – сжав кулаки, зажмурив глаза, словно пытаясь заслониться от доброжелателей, начинает произносить свои стихи.

Сидящая со мною рядом дама, гневная актриса, шепчет: «Ну, разве можно так читать?! Он же совершенно не уважает публику».

Это она в том смысле, что молодой человек на сцене пытается разделаться со своим стихотворением как можно быстрее, хочет отделаться от него, он проборматывает, глотает, шепчет слова, которые, кажется, причиняют ему боль зубовную, неудобство, стыд.

Слова:

За Крестовским, Елагиным, Каменным,
                                   «Стрижкой-бритьем»,
За могилой полковника тульчинского Бонапарта,
За забором госдач, за убогим чухонским бытьем...

То стихи его казались причудливым списком, радостью безумного, заговаривающегося каталогизатора, то превращались в площадную, уязвляющую собеседника-противника считалку. Вот именно, он и сам сказал: «Я вытвердил эту гугнивую дробь, дурного младенчества сыпь». Такую вот, например, считалочку:

Кому навзрыд в запруде
Подсвистывать клесту,
Кому поджать на блюде
Колени к животу,
Кому по гроб аскеза
И чертогон, кому
Дорожное железо
Обмакивать в сурьму

Там было много имен собственных. Как говорят мои новые соотечественники – он любил ронять имена: Гуро, Фрост, Чаадаев, Ходасевич...

Конечно, Ходасевич – именно он, прежде прочих, был его юношеским кумиром – ядовитый, ледовитый, безошибочный критик, незадавшийся, но обильный филолог, проштрафившийся любовник – Ходасевич, как нежная, привязчивая тень на парапете Эльсинора, благоволила к нему и чего-то хотела, требовала (так 70 лет под берлинскими липками назад бесновался от нежности к этой тени честолюбивый Федор Годунов-Чердынцев).

В том числе и поэтому Ходасевич в Венеции – одно из самых прозрачных, но и самых горячих стихотворений Зельченко:

Это флейты? Я выбрал одну.
Уходите. Оставьте хористок.
Matka Boska, как ранит луну
Этот ангел, чугунный подросток,
Как течет и дробится на семь
Отражение камня на камне!
Будем квиты, Симсим –
Тарабарская честь велика мне.
Обернись, я хочу, какова,
Увидать – в этом платье, в оплетье
Огуречном, пока жернова
Перемелют нам кофе на третье,
Узнаю тебя, звоном щита
Распугав тараканье блаженство –
Но таится тщета
В соразмерности каждого жеста...

Ходасевич в Венеции – это как мороженое с двойной порцией шоколада. Удвоенное наслаждение. Наваждение даже. Поскольку по ряду ...по слишком очевидному ряду слишком очевидных причин, Венеция – мертвый город мертвых чудес, явилась символом, pro-образом, post-образом того запоздалого волшебства, которому он служил, служит.

Ходасевич в Венеции – это сим-сим (будем квиты – сим-сим – тарабарская честь велика мне), пропуск в пещеру сокровищ: отражение камня на камне, там где Ходасевич, там юный Федор, хладноглазая птица Сирин; ну а там где Венеция, там одно такое имя и еще сякое имя, и еще другое имя, служению которому было отдано так много сил в неутомимой юности, что вспоминать почти неловко.

Образ, просодия, рифма, насмешка, густота – всему этому Зельченко выучился у великого и ужасного Гудвина, любителя Кранаха и Веницейской зимы, но не только у него, нет. Кроме Бродского, здесь всякие там давно умершие классики (живая античность, неживая античность... Анненский задыхается на крученой вокзальной лестнице)... И недавно умершие классики, и всякий полудрагоценный, веселый сор. Из всех этих имен и сложилась вязь, соткалась паутина, в которую попадается читатель Всеволода Зельченко, изысканного стилиста, остроумца, умницы, всезнайки.

Однако этой изобретательности самой по себе нам бы не хватило. (В последние дни мой бедный подслеповатый от недосыпа и агрессивного двуязычия среди мозг возится со странной рифмой: postmodern – postmortem.) Девяностые годы проявили в русской поэзии внушительное количество авторов-эрудитов. (Эрудит: черные квадратики с цифирьками внизу, папа мстительно выкладывает на доске победоносную змею эфу.) Но эрудиции мало – это вещь рукотворная, а стихи – не совсем. (Совсем не? Нет: не совсем). И остроумия мало, и изыска, и цинизма, и эксгибиционистских способностей... Уж мы повидали тех фокусников (извлекавших дохлых кроликов из мокрых цилиндров), отлюбили тех смехачей. Каким же притягивающим, манящим клеем-лаком смазана паутина этих стихов?

Господин, за что Ты бросил меня, если я был прав?
Почему не вышел к моим врагам, если Ты был гнев
Или огнь? Из адских теперь котлов возвратившись здрав,
Примеряю заживо песий зев, носорожий клюв.
Се, гляди, Твой сын между жирных пальцев по капле стек,
Намотай на ус, как сложить вертеп из его костей,
Приложись к груди, где, бывало, слыхивал стук-постук –
Растопилось сердце мое, как воск, под рукой Твоей.
И поставили на́ кон мой хитон, восклицая: «Блин,

Не с руки делить, ибо не лоскутен, но выткан сплошь».
Для чего тогда в маете младенчества, Господин,
Ты окликнул нас, и наполнил чаши, а Сам не пьешь,
Если в персти смертной – обсудим это – червяк и аз
Многогрешный будем два червяка? Я готов, ну что ж:
Подивись, как волшебно его скольженье по глади луж,
Как таращатся в купол Твоих небес чешуинки глаз!
Он мой старший брат, сотворенный в утро пятого дня,
Как лепно украшен! как крепок телом! как домовит!
И я снова цел, и нездешний свет обстает меня,
Ибо Царство Твое, и простерта десница Твоя. Аминь.

Поэтический язык Зельченко обладает легкостью канатоходца. В заранее неловкой ситуации – над брусчатой площадью (в рифмованной и ритмованной русской поэзии в конце тысячелетия, когда занятие это, по словам одного моего знакомца, все более напоминает по актуальности и востребованности средневековую китайскую лаковую живопись...) Зельченко позволяет себе все. Все что ему угодно. Как будто это – самое естественное, веселое, нужное кому-то, нужное всем, нужное ему самому дело, как будто это – сегодняшнее дело... Эта вседозволенность, эта тяжкая свобода, когда на острие языка нанизаны черные страшные камни псалмов, а он, извиняюся, поет яко горлица или – заунывно вопит как лиловый павлин в саду Бердслея или – молчит. Сквозь хитрое и слепящее оперение механического соловья проглядывает горькая нагота.

Человек на голой земле. На голом,
Предположим, полу. Обожжен глаголом,
С перекошенным горлом.

С перекошенным горлом: уродство, дефект, омерзительные и прелестные (в дьявольском смысле) черты. В последнюю книгу стихов Зельченко «Войско» вошел цикл стихов об увечных (одолеваемая политкорректностью, я долго приискивала слово...): слепой, горб, недоносок, заика. На самом деле, все это – синонимы поэтического ремесла в его нынешнем преломлении. Человек, ощущающий себя русским поэтом на пороге тысячелетий, не может не ощущать также, насколько он странен, причем не в самом умилительном смысле... Поэзия Зельченко тем и поражала меня всегда, что она – вне окружающего ее кризиса, там больше блесток Золотого века, чем ржавчины Железного, там тепло, там горячо, там волшебно:

...Кухарки в сон, белошвейки в сон,
Сэр Джон в безнадежный сплин.
«Пойдем со мной, – умоляет он, –
В кустах стоит цеппелин,
В полях немотствует всякий зверь,
Звезда коротает ночь
За влажным облаком, и никто
Не сможет выследить нас.
От лисьих нор, от паучьих гнезд,
От вересковых пустот
Мы выправим курс на юго-восток,
Чтобы услышать, как
Перекликаются корабли,
Идущие к маякам,
А с берега ведьмы морочат их,
И море дрожит во тьме».

Это, пожалуй, один из наиболее неотвечаемых и соблазнительных вопросов ремесла: что делает стихи волшебными? (Я при этом знаю энное количество утверждающих, что это самое так называемое волшебство – идея дурного вкуса, заменяющая шарлатанствующим неряхам более отчетливые критерии... Но каковы эти критерии в поэзии – мне понять так, увы, и не удалось.)

Удалось определить, чего добиваемся: форма и содержание должны совместиться, совпасть так, чтобы раздался щелчок, чтобы шкатулка распахнулась и серебряный гондольер закрутился под нехитрую музычку. Я помню, как Всеволод Зельченко выходил на сцену питерского лектория – осторожно, как будто то ли боясь, то ли надеясь прилипнуть к половицам, и выбормативал свою скороговорку – никто ничего толком не понимал, я тоже. Но я помнила его стихи наизусть, и от его бормотания они оживали у меня в голове, начинали свою тревожную, то смутную, то разительную и блестящую игру:

Звук труб, бунт букв, буй тур, ух, крут, шипит и гаснет трут,
Мы не плывем, шурум-бурум, мы смотрим из кают –
О бойся полиглота, сын, он в самом деле дик,
В его груди заумный рык бушует, как хамсин!
И безалаберный Пилот, и Ангел в сюртуке,
И Царь зверей, и даже тот, кто с бритвою в руке,
И Иноходец ломовой, на ком горит тавро –
Мы все стояли пред тобой, покойница Гуро.

Столкновение с этими стихами не было для меня поводом начать писать. Но по сей день остается одной из главных причин – продолжать.

Сентиментальные путешествия за мёртвой водой

Тогда я был потрясён несправедливостью обвинений, сейчас не помню ни слова.
Эдуард Лимонов. *Книга воды*

Есть в старых сказках понятие о живой и мёртвой воде. Богатырь изрублен, надо его оживить... Сперва составляют из кусков разрубленного тела одно целое, окропляют это тело мёртвой водой, и оно срастается.
Виктор Шкловский. *О квартире «Лефа»*

Предположим, прошло сто лет. Нет, недостаточно, лучше – двести.

И совершенно неважно, кто, где и каким образом находит вот такие слова: «С нежностью и умилением все эти люди славословили бычка... Сами они – и рыбаки, и люди из горкома – были похожи на корявых бычков... пыльные длинные брюки закрывали их башмаки и превращали в русалок мужского пола».

У запоздалого читателя могут возникнуть проблемы с бычком (нет, это не древний культ, не коррида и не мясокомбинат) – так нерадивый студент строит легко взрывчатые воздушные замки, не дочитав до конца словарной статьи. Но по той же студенческой логике в памяти этого читателя застрянут, как кусочки яблока в зубах, почти не ощутимые, но и невыковыриваемые толком слова: «нежность и умиление», «русалки мужского рода». Так из чудовищных бездн какой-нибудь греческой антологии смотрели на меня приветливые рыбьи и русалочьи одновременно глаза рассыпающихся смеющихся слов. Без и вне автора.

Потому что от автора никогда и ничего не остаётся. Ну разве что тень блуждающая. И не важно, как он там кричал, содрогался, пытался запечатлеть себя на фоне своих писаний. («Я начитанный мальчик, поэт, отрок, я еду расширить пространство, встретить красавиц, чудовищ, ветряные мельницы или стальные мельницы, которые отрубят мне руки.») От автора ничего не остаётся не потому, что так говорил Мишель Фуко, поправляя прямоугольные очки на прямоугольном носу, и не потому, что так показалось встающему из-под автобуса Ролану Барту. (От критика, как видно, тоже остаётся немногое.)

А потому, что просто ничего не остаётся. Прах и пепел. Мы, например, не знаем, зачем умер Пушкин. Многотысячные армии пушкинистов бьются над разгадкой этого вопроса, – но бьются, в основном, друг с другом и в истерике. А тем временем моя мама зачитывает мне, поудобнее устраиваясь в вечернем кресле: «Чечены нас ненавидят. Дружба мирных чеченов ненадёжна. У них убийство – простое телодвижение. Что делать с таковым народом?»

Ну что, спрашивается (в припадке наивного и внеисторического либерализма), были чечены Пушкину? И что, спрашивается (совсем уже шёпотом), были Розанову – известно кто (цитат не привожу, щадя свои семитские нервы)? А Белому и Блоку – желтолицые тьмы и тьмы?

Мы не знаем. Мы не хотим знать. Мы не можем знать. Мы забыли.

Вот про холмы Грузии помним, а про *ужасное бесчеловечие* чечен по дороге в Арзрум – забыли.

Но с особенной лёгкостью мы забываем тех, кто уж както совсем отчаянно не хочет быть стёртым с собственных страниц: так Катулл-Вийон просто пропадают без вести, а последовавшие за ними начитанные мальчики – красавцы – чудовища просто блекнут, уходя в Африку гулять, перерастая в слова, – причём всегда примерно одного и того же содержания: «То были смутные, счастливые годы, когда я жил сразу со многими самками… На велосипеде ко мне приезжала высокая Мария, голландка, у которой была самая округлая и нежная жопа в мире». «Округлая и нежная жопа» (в самом лучшем смысле этого слова) является паролем – волшебным словом – Сезамом, который дошёл до нас так же, как дойдёт до читателя в потомстве (читатель скажет, улыбнувшись: *до меня дошло*).

Нежная жопа (возлюбленной, воробышка, национального меньшинства – но главное: своя, моя, меня!) – вот сюжет (живая нитка), на котором держится готовое расползтись полотно, пачка писем русского путешественника.

Сто лет назад (ну почти сто лет) один такой начитанный мальчик, Виктор Шкловский, скандалист и прочее, особенно интересующийся ветряными и стальными мельницами, высказал крамольное предположение, что фигура Дон Кихота необходима для романа только как соединительное вещество – ну чтобы история не развалилась на отдельные кусочки.

Для Шкловского выживание сюжета в хаосе всеобщего распада было главнейшей из всех забот. Он бредил сюжетом до такой степени, что совершил немыслимый и неприличный для филолога (и обязательный для филолога-формалиста) поступок: написал роман «Сентиментальное путешествие», в котором воображаемые приключения героя заменил собственными, причём самым захватывающим приключением стало собственно спасение сюжета в романе. Не желая оставаться тенью блуждающей, автор превращает себя в героя, в сюжет, в стержень писания, нанизывая на себя всё, что видит по сторонам: вот заливные луга маркиза Карабаса, вот голландка Мария…

Таким образом, автор не только избегает полагающейся ему биологической участи (т. е. превращения в призрак и биографический комментарий к тексту), но и уголовного суда обидчивой публики. Текст наделён неприкосновенностью – ему законы морали нипочём. Ну… или почём-то, но он выживает не благодаря, а вопреки им. (Хочется сказать – как любовь.)

Эдуард Лимонов, весь, целиком, как он есть, – это литературное произведение, созданное по законам жизнестроительства, которые выдумал буйный энгадинский изгнанник, бедненький Фридрих Ницше. Законы эти от постоянного употребления поизносились (как поизносился и наш начитанный мальчик-чудовище: «Я взял её за ручку, и мы пошли. Я, с бородкой, косящий под провинциального дедушку, и она, косящая под внучку...»). Но, состарившись, эти законы не перестали быть таковыми, теорема Архимеда тоже, вероятно, не поражает оригинальностью людей, более просвещённых в математике, чем я. Читать Лимонова по иным законам – значит совершить интерпретаторскую ошибку, значит выбежать на сцену и зарезать Яго.

Находясь в ситуации столетспустяшного в смысле время = пространство читателя (я просто очень далеко сижу и из этого далека пытаюсь глядеть), я воспринимаю комическую Сверхчеловечность Лимонова лирически: «Я люблю армейцев. Я никогда не скрывал этого. Я сам, как кентавр, – наполовину революционер, наполовину – воин. Если бы меня не забраковали в 1960 году по причине близорукости, я был бы сегодня высшим офицером». Лирический, забракованный, близорукий герой...

Современному читателю почему-то не приходит в голову считать Владимира Маяковского Джеком-Потрошителем, хотя призывы к насилию и расчленительству играют в его стихах роль припева. То есть, в принципе, я, конечно, могу себе представить статью феминиствующей славистки «Владимир Маяковский: Плохое отношение к женщинам»... Впрочем, именно это обвинение именно к Лимонову неприменимо. Он мог бы сказать о себе словами того же Розанова: «Женщины! Женщины! Все будете приходить на мою могилу, говоря: уже не родится ещё такого, кто так любил бы нас». Любовные всхлипы и причитания – вот soundtrack лимоновской фильмы: «Лиза, Лиза, Лизонька... Боже мой! Как я её любил!», «И юная шлюха, и святая. Бля, как она меня волновала... Как она мне нравилась!»

Так вот, вышеупомянутая агрессия Маяковского, когда и кровь, и клюквенный сок выветрились, превратилась в такую же особенность стиля, как его непревзойдённые многоэтажные рифмы. Так не проще ли прямо сейчас, не дожидаясь двухсотлетнего юбилея, читать повёрнутую зрачками внутрь текста биографию Лимонова на равных со всеми остальными элементами его стиля?

И просто заметить, что мне, как читателю, гораздо интереснее, например, Лимонов – мученик светотени («Рембрандтовский луч солнца из-за её спины узко ложился на моё лицо и дальше иссякал в глубине тёмной гостиной, случайно затронув по пути два-три лаковых бока мебели. Мне захотелось рукою сдвинуть луч, но пришлось отодвинуться от него вместе с высоким стулом»), чем Лимонов-мученик (Национал-Большевистской) Партии и (Новорусского) Правительства?

В момент, когда на наших глазах литература, как церковь при большевиках, отделяется от государства и становится, наконец, личным делом каждого, творчество Эдуарда Лимонова могло бы стать замечательным пробным камнем для испытания дерзкого тезиса о том, что отныне поэт в России не больше (но зато – и не меньше), чем поэт, и проверкой для нас, читателей, на терпение и терпимость к особенностям авторского стиля.

Блаженные видения Натальи Горбаневской

Наверное, из всех строк Натальи Горбаневской чаще всего я твержу про себя эти: «Кто о чем, а я, известно, о Тебе – что, мол, в мире этом тесном всё устроено чудесно и т.п.» Причём повторяю я их, понятное дело, в моменты, когда в чудесноустроенности тесного мира можно бы было и усомниться – и слышу её слегка позвякивающий, как хрусталь люстры, когда под окном проходит трамвай, но при этом спокойный голос, сообщающий нам хорошие вести.

Из всех встреч с ней, предсказуемо, самой памятной оказалась первая – это была холодная весна 1995 года, она позвонила и предложила пойти в Эрмитаж. Я очень волновалась, Горбаневская в моих юношеских списках значилась «настоящим поэтом», да к тому же и героем: я надеялась, что эрмитажная ситуация как-то заполнит пузыри моего волнения-молчания.

Но произошедшее, наша встреча и наш контакт, оказались совсем в ином роде, чем обычные параллельные эрмитажные блуждания, когда люди, не пересекаясь, плавают между картинами. Напротив, Горбаневская требовала полного внимания к художникам и работам, которые в тот момент ей казались наиболее острыми, наиболее важными в том её сейчас. Мы останавливались у кранахов – для неё они были неразрывно связаны с Бродским. В пору своих страстей по Басмановой Бродский водил Горбаневскую к «Венере и Амуру» и «Мадонне с Младенцем под яблоней» и спрашивал-утверждал – «правда, похожа». Крепко сбитые, крутолобые головы этих смертельных красавиц, их опасные прелести, рифмующиеся с яблоками вокруг них, были для Горбаневской приветом из юности – чем-то сродни фотографии, но не столько конкретного лика или ситуации, сколько эмоций – желания и тревоги.

В эстетической палитре самой Горбаневской тревога не играла определяющей роли, поэтому она решительно тянула меня к иной палитре. Вообще, во всех прогулках с ней я запомнила её именно как ведущую – ходила она стремительно, иногда заметно опережая собеседника, заметив отсутствие которого, оборачивалась в некотором смятении.

Тогда она увлекла меня к Фра Филиппо Липпи («не путайте с Филиппино» – строго попросила она). Вот это было по ней. Спокойное победоносное сияние, но при этом не торжественное – а жалкое, слишком человеческое.

«Посмотрите на эти цвета, – строго приказала мне Горбаневская, – какие чистые, тёплые: здесь всё ясно». Что нам ясно в «Видении блаженного Августина»? Сомнение, радость – и тепло, идущее отовсюду, от всех предметов бытия; бытие как тёплая и жалкая вещь.

С тех пор всегда, перечитывая или отщёлкивая в голове её стихи, я думаю о Филиппо Липпи – *здесь всё ясно*. Вот её стихи на гибель поэта – поскольку эта гибель в корне изменила географию и арифметику моей судьбы (в смысле, счёты с этой самой судьбой), я их прочитала по появлении очень внимательно:

Уйдя за скобки,
как за скобу коробки,
шкатулки музыкальной,
стихи не робки,
но не торопки,
они не торопливы,
откатывая как отливы,
плеснув о берег дальный.

Смерть человека, связанного (с) литературой Горбаневская трактует как явление грамматическое – выход за скобки. Ты более не волен в тексте, в том числе в своём собственном, от тебя остаются только формы и ритмы твоих грамматических и ритмических периодов. «Не робки, но не торопки», подобны волне, длятся столько, сколько длится дыхание, как ни дик этот термин в контексте литературного рассуждения, естественны. Полагаю, общим местом, точкой отсчёта являются рассуждения о стабильности поэтической формы Горбаневской – восьмистишие и краткострочие. С момента своего юношеского, программного, изумлённо-благодарного обращения к Бартоку, она заняла свою нишу – музыкальности и лёгкости. С её момента эта ниша за ней и осталась, и те кто сейчас продолжают импровизировать в созвучии с ней, развивать этот тон (скажем, Машинская, Булатовский, Сунцова) – помечены этой эстетической задачей: проводить свои караваны через игольное ушко.

Горбаневскую всегда занимали только совершенно главные, глобальные вопросы, но она интонировала их как лёгкие, ни в коем случае, не дай Б-г, не простые, но лёгкие: витающие над нами, ведущие нас. Парадоксально, но именно о ней, мне кажется, сказано некрасовское «блажен незлобивый поэт». Прчём сказанное иронически, в её случае обрело смысл иной и смысл прямой. Уж казалось бы, если кому из поэтов второй половины русского двадцатого века было с чего озлобиться – так это ей. Марафон по психушкам в рассуждении о судьбе своего младенца – сюжет зачётный. Однако с собственным выбором такой судьбы поэт Горбаневская справилась несравненно. Стихи её постепенно и неукоснительно наполнялись светом, движением, устремлялись вверх: стихи-облака.

В пятнах от варенья,
Стихами говоришь.
Вот моя деревня,
Приедешь – угоришь.
Красная рябина
Раскинула крыла.
Вот моя чужбина,
Печаль моя светла.

Свою чужбину она наполнила укрощением чужих языков: язык публицистики для русского поэта такой же иностранный, как скажем, в её случае, – польский. Его нужно полюбить, соблазнить, им надлежит овладеть. Она вступала в новые языки, новые задачи с любопытством, лёгкостью, дерзостью. Легкое дыхание, лёгкая походка, лёгкий язык. И на этом лёгком своём языке всегда один и тот же вопрос, один и тот же адресат:

Перед тем, как на дно пойти,
Как причудить эту тень и не крикнуть,
Не пропеть: «Боже, отпусти!»

Её пора породила нескольких поэтов-женщин разительной мощи (рядом Ахмадулина, Мнацаканова, младше – Шварц и Седакова), каждая из которых строила sui generis интенсивный, прямой литературный разговор с Божеством. У Горбаневской это разговор о радости. Вообще насколько в русской мысли (не станем гнать захудалый каламбур) это ощущение исключительное – само собой разумеется, вроде. Её плеяда горевала, ужасалась, ламентировала (было, было чему), Горбаневская смирялась и призывала – к радости.

Было чему? Тому, что была музыка над ними, тому что стихи её рождались и читались, тому что неподалёку от её парижского дома был излюбленный бар, куда можно было ходить играть в настольный футбол, тому, что когда выходишь из Эрмитажа, над Дворцовой площадью круглее всего небо. Перебирая сейчас в памяти её строфы, воспроизводя выражения её лица, голоса и молчания, я задействую этот ею изобретённый интонационный механизм – радоваться тому, что *здесь всё ясно*[1].

---

[1] Опубликовано в журнале «НЛО» НЛО 2014, № 5 (129).

Jealousy,
или Жизнь во время Жизни

Всякий талант есть медицинский диагноз, чего уж там. Автор Маргарита Меклина страдает раздвоением (на самом деле – размножением) личности. То есть редчайшей способностью наблюдать себя отвлечённо, а другого – приближенно.

Утрата томительного интереса к себе – случай редкий, но не совсем исключительный. Обычно за этой утратой следует описанная Мефистофелем *скука*. Отдохновение души. Но чем насмешливее и отдалённее внимание нашего автора к собственной персоне, тем равноправнее эта персона становится среди персонажей вымышленных. В отличие от, скажем, Одиссея или, скажем, Алигьери, которые не были достаточно прозрачны и в Аду неприятно выделялись – автор Меклина умеет потеряться среди [своих] теней.

Хотя поначалу мне казалось, что все персонажи здесь вымышленные. Что всегда порождает в моём мозгу сестёр Зависть и Ревность (одно слово *jealousy* по-английски, кстати) – как можно придумать-создать чужую жизнь? Как вообще можно что-то придумать и зачем, кстати, нужно что-то выдумывать: мир неописан и неописуем. Вымышленные чудовища – как девы с пёсьими головами, населяющие отдалённые закипающие моря, не слишком страшны, желанны, правдоподобны. В то время как персонажи Меклиной страшны, желанны, правдоподобны.

Если бы писателя Риты Меклиной не существовало, мне пришлось бы её придумать: эта проза существует, чтобы напоминать – у слова по-прежнему могут быть вкус, цвет, осязание, сила сострадающего и насмешливого взгляда. Эта проза происходит медленно, точно, даже с несколько томным самолюбованием, задерживаясь на особенно сильных мнениях, чувствах, метафорах. По выражению одного замечательного непонятного художника, в объекте искусства важнее всего – сделанность – Меклина знает, что это такое. Персонажи Меклиной украдены ею из так называемой реальности и перемещены в волшебный, жутковатый замок слов, где нет смерти, нет снисхождения, а падших не жалеют, а желают.

Как? То есть как это сделано? Она умеет покидать тело. Это явление было многажды описано в специальной литературе. Вот например так: «Однажды выкручивая лампочку, поэт NN почувствовал, что его душа спиралеобразно выскользнула из тела – вывинтилась, подобно лампочке из патрона. Удивленный, он глянул вниз и увидел свое тело. Оно было совершенно недвижно, как у человека, спящего мертвецким сном. Затем ему почему-то захотелось посмотреть, что делается в соседней палате. Он стал медленно просачиваться сквозь стену...» Вероятно, из этого состояния сподручнее всего наблюдать за жизнью собственного тела и иных «милых, толстых и плотных тел».

Обобщим: письмо Меклиной – телесное письмо. Один мудрый человек ругал меня когда-то, мол, пишу про то, что между ног, а это неверно, так как между ног у всех одинаковое, а писать нужно про то, что у всех разное. Не могу согласиться – одинаковой бывает только дурная литература, а между ног у всех разное, и уж совсем по-разному способны говорить об этом осторожные (не кантовать!) беллетристы. Осторожных, внимательных, пристальных, медленных мало. Но вот есть же:

«Я люблю дышать в его продольные чуткие уши я люблю разглаживать его жёсткие брови...сразу после того как кончает, он говорил мне, что секс не имеет direction, он похудел как-то снизу, на тонких иссохших ногах, как нашлёпка, контрастом – обильные волосы и мужская, набухшая жизнь.....

Он попросил её сесть на него. Вдруг что-то прошло, проскользнуло. Ухнуло, будто в море».

Так Меклина пишет про некоего персонажа в своей первой книге «Сражение при Петербурге». А вот как – наверняка про него же, но уже мертвого – в программно-перформативном рассказе «Моя преступная связь с искусством»:

«Секс сух, как пара слов, оброненная в одночасье.

Как стерильные, протертые спиртом, пустые столы в кабинете врача.

Не рука в тряпичной темноте складок – будто мышь скребется в углу.

Будто тряпка трет с усилием пол.

<...>

Его образ, разъятый на части и посему несоставимый в одно: передо мной.

Кристаллы смерти, белая пыль, вброшенная в пустое пространство.

Парящая в воображении голограмма вместо гладкого голого тела.

Архивные электроны и элегантные арткаталоги вместо эмоций, эрзац вместо эрекции.

ПОЧЕМУ? ГДЕ?

Первый всхлип, последний рывок».

Я выделила именно этот аспект у Меклиной, во-первых, потому, что я сейчас вынуждена много читать Шкловского и Эйзенштейна и ничего тут не поделаешь, а во вторых, потому, что это один из кратчайших путей определить мастерство писателя. Дайте мне рычаг, покажите мне описание полового акта или оргазма, нарисуйте мне яблоко и я вам скажу кто вы. (Не то чтобы вы меня особенно спрашивали)

Так вдруг помню – среди общеприятной – общепринятой пестроты одного из неранних романов Аксёнова – герой что-то такое делал с героиней и героиня что-то такое испытывала, отчего делалось стыдно и смешно и страшно одновременно. Страшно оттого, как всё же коварна изящная словесность, так и норовящая садистически (грандмастерица садизма – сказала бы Меклина) обнажить твою литературную сущность ханжи и врушки и лентяя в смысле поиска лучших слов и выстраивания их в лучшем порядке. Ибо сказано: когда пишешь о голом, становишься гол.

Так что, кто знает, может, и прав был мой мудрый друг – не ходите, дети, в Африку гулять (пока, пока ещё не ходите!). Или, как пишет Рита Меклина:

«оргазм <пробел> <пробел> <пробел> <пробел>»

В одной из давнишних меклинских книг поразил меня следующий абзац: «В музее старинных механизмов вращались тонкие медные диски, под которыми прятались цеплявшую музыку крюки и где стояло пианино, у которого сами по себе выстукивали мелодию клавиши, где в ящичке с вывеской "Тюрьма", если бросить монетку, открывались окна и двери, и во двор выходил маленький, но совсем как настоящий гуттаперчевый стражник».

Я часто ходила в тот музей на заселённом воскресными собаками пляже Сан-Франциско, да слов для него у меня не нашлось. В то время как Меклина так же безжалостно ухватила взглядом маленького гуттаперчевого стражника, как и бесчисленных прочих своих сказочных отпрысков: лепидоптеролога и герпетолога, Маргариту и «Фриду», Байарса и Ботеро, тихого акустического гитариста и громких гаучо и – самое главное – щенка, поедающего мандарины.

Не отвлечённое, не избирательное, но настороженное и раздражительное воображение=зрение Меклиной вбирает в себя всё, как вышеупомянутый щенок, как пылесос в детских руках. [*Горе мне о горе повторяет мама*]

Бессмысленная полнота бытия, вынужденный вуайеризм эмиграции, библиотечное разбухание, чужой язык в пересохшем от курения рту, подавляющий оптимизм калифорнийских пейзажей. Проза жизни.

Как прадедушка Гирш, только без усов

посвящается Нине Богдановской

не кажіть мені про якийсь там Луганськ
він давно лише ганськ
лу зрівняли з асфальтом червоним
мої друзі в заручниках –
Любов Якимчук

Ни одной совместной фотографии людей, произведших меня на свет, не существует.

Вообще, не могу не заметить, что ценность сюжета незаконнорожденности в конце двадцатого века не совсем ясна, может быть, потому что отношение закона к рождению тоже ясно не вполне, закон стал сам по себе, ну а рождение... Если в иные века из такого материала можно было любые сюжеты вить, цедить самые прихотливые истории, где законные имели власть над ходом романа и вообще все, что угодно, а незаконные мрачно поглядывали из-под темных тяжелых век, из-под плюшевых занавесей, как бы и им завладеть этим самым сюжетом...

Но к исходу века советского все эти плюшевые занавеси поистрепались совершенно, и невозможно теперь себе представить, что словесность смогла вволю попытаться кровушкой незаконнорожденных или, наоборот, что незаконнорожденные смогли испить и напитать собой всякие веские черноземы букв (кто же здесь вампир?)

И сын турчанки, обожатель престолов нежный Жуковский, и безутешный специалист по огурцам Фет-Шеншин, но самое само-жалостливое жало ощущал в этом сюжете Всесоюзный Дед Корней, вполне возможно, именно в оплакивании собственного, казавшегося ему столь постыдным детства находящий источник своего странно отчужденного, многоликого вдохновения: чего уж там, умела собственных оливеров твистов земля российская рождать.

Но все это тогда, когда-то, и совсем иное – в неопрятных, блеклых и при этом аляповатых ленинградских семидесятых… Разве выведешь что толковое, разве разойдешься с такими слишком очевидными ролями: поэт и красавица.

То есть два павлина, два нарцисса – прислонились стеблями, перепутались перьями, на краткий миг обратили друг на друга изумленно-раздраженное внимание: как, я здесь не один? Здесь не одна? Здесь (на свете) есть кто-то помимо меня? И пошли бы дальше слегка разбавлять своей яркостью идеально серый цвет времени, но встреча их не осталась бесследной, незамеченной хищными мойрами: из этого обмена взглядами явился пузырь земли – я.

Как уж именно они там перепутались, выяснить невозможно по ряду причин.

Например потому, что оба оказались патологическими, убежденными, я бы даже сказала, принципиальными и, уж конечно, высокоодаренными лжецами.

А может, это не считается ложью, а тоже видом словесной работы, но каждый раз мне преподавалась и преподается совершенно новенькая, тепленькая (ну да, именно как младенец) версия событий.

И чем пышнее, прихотливее становились эти истории, тем беднее, безвиднее, случайнее представлялось мне зернышко, из которого мне предстояло вырасти. Дорасти до целого человека, до истории человека.

Тогда я уже перестала и пытаться узнать. Так или иначе.

Мое воображение, в конце концов, вполне могло дорисовать остальное: мастерские ленинградских художников, плетение питерских словес, сплетение словес с художествами. И конечно, запахи: запах затхлости, умерший табачный дым, перегар, резкая вонь растворителя, пыль белесого влажного утра.

Да, мне кажется, что они сошлись на живописной почве. Ее отношения с художниками были сложные.

Она была не только вожделенной, удобной, гибкой, льющейся моделью, но и упорным, навязчивым, маниакальным вдохновителем: она принуждала людей творить, не разрешала не делать этого. Ее подруга-художница под этим напором как-то принялась растирать краски на холсте пальцами, угрюмо и безнадежно.

Он также был живописен. Внешность относилась, скорее, к экспериментам кубизма: все несколько накось, не в том измерении, но и его юные стихи были совершенно аляповаты, налиты солнцем, которого он, кстати, не знал, но которое было в нем. Ее хищное внимание (прилагающееся к маленькому, переливающемуся тельцу куницы или соболя) ко всему яркому не могло его миновать.

Ведь она была зеркальце в вечном поиске, что бы такое отразить поневероятнее, поспособнее в создании иных, странных мирков.

Какая же польза мне вышла от усилий этого старательного, взыскующего зеркальца?

Кроме кратко любопытствующих, но быстро остывающих взглядов литературной тусовки (сходство оказалось карикатурным, а вся ее русалочья акварельная краса заглавному Творцу не пригодилась) и нескольких абсурдных собеседований никакой пользы мне от родства не вышло – ни капли тепла не перелилось в мой жадный, ждущий роток.

Как бы ни искала я ее, эту каплю, генетически (вот оно милое бессмысленное слово) запрятанную во мне, притекшую от неведомых жителей Харькова да Луганска…

Именно про Луганск и будет это мое рассуждение.

То есть не про город Луганск (что я о нем знаю!), а про заветный вензель, ярмо фотоателье Матусовского.

Там мой, МОЙ прадедушка… Какой прадедушка? Откуда у тебя может быть прадедушка, спросите вы и будете правы.

Чтобы возник, заскрипел, заухал в шкафу призрак прадедушки, должны быть долгие бесформенные расплывающиеся во времени беседы, тщетные усилия самолюбования, чай с коньяком и вареньем из грецких орехов.

Ничего этого у меня, понятное дело, нет, так как я бе(с) семьи.

Семья: целостность, необрываемость, непрерываемость уходящих в прошлое линий, корешочков. А что есть у бастарда? У бастарда нет прадедушки, но есть жадная мечта о прадедушке. Есть морок, обрывки предложений, блики снов. Обрывочки – это и есть моя память, память бастарда, состоящая из умолчания и сходства. Это когда тебе говорят, показывают, помещают в ситуации знания, а ты всем собой желаешь не знать и не помнить.

Мама приводит меня на чтение. И говорит: подойди к нему, вот к тому на сцене, справа, передай записку.

Я иду к сцене и, конечно, читаю записку, объявляющую «она здесь».

Я подхожу к нему, а дальше я ничего не помню, кроме своих рук.

На которых молниеносно расплываются и чешутся, уже прямо громко зудят огромные красные пятна.

Мне говорили о нем много раз за время моего детства, иногда неизвестные мне люди прямо подходили на улице и говорили, и каждый раз мне удавалось забыть, но избыть, как видит смущенный читатель, не удалось.

Тем удивительнее было обнаружить сторонний побег судьбы, когда в моей жизни появилась N. Не очень-то я и удивилась. Всю жизнь я твердо и трезво верила в ангелов. В словарном смысле слова: в спутников и вестников.

Они выходят из чащи, спускаются с холма, они стучат, когда дождь и казалось бы...

Так из известного сумрачного леса ко мне вышла N., похожая на маленькую светлоглазую дикую кошку-подростка, почти бесплотную.

Вышла, вежливо представилась и сказала: я готова предоставить Вам прадедушку, то есть я даже готова поделиться своим. И она предоставила мне прадедушку. Странный ужас овладел мною: мимо меня и мимо фотографа был устремлен бесспорно мой, крайне целеустремленный взгляд небольших тяжелых глаз.

И этот бугорок на невысоком лбу.

Только отсутствие жизнерадостно кустистых усов отличало бы мою фотографию от прадедушки Гирша. Кем был он? Возможно, даже управляющим, возможно, даже шахты, в Луганске ему принадлежали дома или дом. Каким был он? Вот это понятно более: ужасаясь безумному нраву его внука, женщины рода твердили: «Весь в дедушку Гиршу». Щеголек и гордец, он смотрит куда-то с волшебной своей фотокарточки, неведомый и неизбежный: мне его не избежать, но мне его и не вспомнить.

В результате распада всей системы он вырван из смысла, из моей способности знать этих людей по имени Борис, по имени Александра, по имени Евгений: у меня ничего нет от них, кроме их природы. И вот я беседую с этим обрывком, с этим мучительным, совершенно чужим, совершенно близким для меня лицом, выпавшим мне как из колоды при неловком жесте шулера. В Луганске жаркая солнечная пыль, в фотоателье отирают пот жесткими платками, так хорошо? Так хорошо[1].

[1] Опубликовано в сетевом издании «Сноб», 09.04.17.

Ночной хлеб

Наталья Крандиевская-Толстая и Наталья Толстая

Фортуна в невыразительном, но нервном лице гениального профессора лингвистики блеснула мне насмешкою случайной: на вот, заработай немного долларов. А как? Пойди туда, принеси то. Принеси мне хорошей новой русской прозы. Дюжину образцов. Лингвистка занимается видами глагола и желает наблюдать эти виды на благородном материале. Понятно, похвально. Возможно ли?

После безрадостных плутаний по тёмным лесам, где шагу некуда ступить от простодушно-бесстыдных соловьёв-разбойников, жеманных кикимор и совсем уж оборотней в непростых обложках с золотыми застёжками, я нашла. Я вывела, высидела свою формулу. Если ты пишешь хорошую русскую прозу в начале XXI века, то, скорее всего, у тебя фамилия – Толстая.

У тебя яркое (немного слишком – слишком немного) цыганистое большое усталое лицо. Зовут тебя Наталья Елена Татьяна. Что-то такое – неважно. Непостижимое сочетание птицы Гамаюн и трёхглавого змия. (Что ж меня на сказки тянет...)

Всё это очень странно: находясь в седьми-кисельном родстве с могучими праотцами, привившими нам трепет перед выпуклой фамилией, эти дамы, малютки-пикты, обладают святой тайной: наблюдать. Как члены секты, они своей тайной с чужими не делятся. Увы им – чужим. Про Елену я уже сказала однажды, про Татьяну сказал и скажет кто-нибудь другой, вот сегодня будет – про Наталью. Даже про – лей. Множественное число.

«Видела на трамвайном кольце пятитомник Золя. Книги связаны бечёвкой, а нижний том успел вмёрзнуть в лёд. Однажды, сидя на скамейке, она ждала агента по недвижимости. На той же скамейке лежал выброшенный Короленко, и Ольга Михайловна успела прочесть две статьи, не трогая книгу руками: осенний ветер время от времени переворачивал страницы» (*В поисках гармонии*).

Недавно по телевизору мне рассказали, что восприятие животных отличается от человеческого только лишь отсутствием желания делать на основании увиденного глобальные выводы. Скажем, суслик. Смотрит – зерно. Зерно можно съесть. И – хрямц. Ни тебе мыслей о недороде, либо благородстве заката, ни злорадства по поводу соседнего растяпы-суслика. Похожим образом устроена пишущая машина Наталья Толстая. Вот объект. Надо записать. Поглотить, переварить, произвести физиологический раствор. Мушки, мошки, маленькие пляшущие человечки русской литературы попадают в эту янтаревидную массу. «Старуха со странными наростами на щеке приподняла подол клетчатой юбки и сказала: по радио передавали, зима будет холодная. Надо будет юбку в реставрацию сдать» (*Чужие дети*). Толстая что ваш солярис – мыслящая материя, возвращает нам наших двойников, утраченных спутников. «Наташа любила стоять в очередях, рассматривать, какие бывают люди, и представлять их жизнь» (*Быть как все*). И мы, забыв, не желая знать, что эти подсмотренные, рассмотренные люди – ненастоящие, написанные, цепляемся за них, не желая возвращаться – вот именно, с небес на землю. С небес острого, не эгоцентричного, не экзальтированного ума. Русский романтизм пережил всех своих родственников за рубежом, как известно. В то время как для британского или французского пише-читателя фигуры Байрона и Бодлера кажутся не только восковыми, но и подтаявшими уже – в смысле примеров для подражания, русская муза всё плодит и поощряет знатоков собственного пупа. Есть среди них фигуры вполне яркие, но подобная ограниченность интересов – хитрая штука. По законам жанра, монолог не может длиться бесконечно: в нас заложено ожидание – когда же вступит хор?..

«Нижний том успел вмёрзнуть в лёд». Разговор о переселении душ относится к тому роду тем, что суслика не обрадуют, но вот зацепка, улика. В рассказе «Письма из Москвы» речь заходит о бабушке Натальи Толстой – Наталье не только Толстой, но и Крандиевской. Это упоминание поразило меня, нашпигованную размышлениями о роли случайностей в историях, как рождественский гусь – лесными орехами. [Он ел их ещё живой…]

Поскольку поэта Наталью Толстую-Крандиевскую я открыла для себя заново вот тут же, на днях. Сложно влюбиться в человека, которым пренебрегал всю предыдущую жизнь. Но, говорят, бывает. Про Крандиевскую ранее было известно: миловидная дама – по ней пару раз вздохнули ещё Бунин с Бальмонтом… Акварельно-расплывчатая, как и её ранние стихи. Катастрофический брак с человеком без подбородка и предрассудков – Алексеем Толстым. Невероятно гибкий, циничный, одарённый Толстой повлиял на свою жену удручающе: стихи писать перестала, при взгляде на милую (забавную? удобную?) сердцу мужа действительность отводила взоры. Но не было бы счастья: супруг переходит на ложе к классово неблизкой секретарше, немилая жена впадает в отчаянье и выпадает из морока. Она отказывается (вряд ли стоит комментировать gravitas подобного отказа) уезжать из блокадного Ленинграда и с настойчивостью конвейера начинает производить поэзию высочайшего, необычнейшего качества.

Рембрандта полумрак
У тлеющей печурки.
Голодных крыс гопак, –
Взлетающие шкурки.
Узорец ледяной
На стёклах уцелевших,
И силуэт сквозной
Людей давно не евших.

Странна помесь Щелкунчика с голосом диктора Левитана и витой лестницей над рембрандтовским мыслителем. Странна способность относиться к городу в катастрофе как к саду камней, месту созерцания. Наталья Толстая в этом смысле осуществила мечту Вертова о творце-глазе:

Если на труп у дверей
Лестницы чёрной моей
Я в темноте спотыкаюсь, –
Где же тут страх, посуди?
Руки сложить на груди
К мёртвому я наклоняюсь.

Известно, были и Гинзбург, и Берггольц: от последней Крандиевскую отличает вне-советскость, вне-публичность ощущения, от первой – предпочтение синтеза анализу. Блокадный город Крандиевской – это обитаемый, осталось сказать – любимый, – Ад. Хотя нет. Поправка. В 1941 году Михаил Лозинский, дедушка Натальи Толстой-младшей, занялся переводом не Ада, что было бы логично, но Чистилища. Чистилище – это, грубо говоря, место искупления. Иногда мне кажется, что некоторой категорией творцов (кроме писателей здесь, например, художники – Глебова, Бобышов, Шиллинговский) блокада была воспринята именно как ситуация творческого и личного искупления.

Этот город нас омыл, как седьмая щёлочь,
О которой мы, помнишь, когда-то читали?
Оттого нас и радует каждая мелочь…

Написано в 1942-м. Нам не представить тех радостей. Мы в это место не ходим. И право: от Данте современники шарахались, есть что-то сомнительное в идее экскурсии в преисподнюю. Но вот если ты не экскурсант, а отказывающийся выселяться жилец, у тебя иной способ контакта с небытием, другое определение бытия:

Майский жук прямо в книгу с разлёта упал,
На страницу раскрытую – «Домби и сын».
Пожужжал и по-мёртвому лапки поджал.

О каком одиночестве Диккенс писал?
Человек никогда не бывает один.

Общение с погибшим жуком, согласно Крандиевской, это уже, значит, не одиночество. Нежное внимание к населению кошмарного сна, обернувшегося реальностью, роднит Крандиевскую и с Платоновым, и с Олейниковым. Всё жуки, жуки. А что – после смерти миллиона горожан, которых стаскивали к замёрзшим трамваям – это пока ещё были силы, – и жуку рад бываешь. Те трамваи – не-Летучие Голландцы, ленинградские корабли призраков.

Если уж разговор зашёл о потустороннем, то вот, 50 лет спустя: «Справа на набережной показалась знакомая булочная. Внутри было всегда сумрачно. Касса не работает, платить продавцу.
– Батоны свежие?
– Весь хлеб ночной.
Тане нравился этот мистический ответ продавщицы...» (В рамках движения).
Наталье Толстой, как и её бабушке (нет, не спрашивайте, не знаю, как это передаётся – по наследству, половым или воздушно-капельным), удаются мельчайшие чудеса языка. Язычка. Что-то такое мелькает во рту у котёнка быстро-быстро, брызги – на пол. «В этом году ревень у меня вырос нежно-розового цвета, а год назад – тёмно-красного...» (*Гуманитарная помощь*). Оттенки создания. Ничего важнее этого не обнаружено – ну нет у меня других писателей[1]..

---

[1] Опубликовано в сетевом издании «Textonly», № 18, 2006.

предисловия
и рецензии

Идеальный шпион[1]

Человек, в которого я была влюблена со всей горечью позднего детства, пытался меня, как умел, утешить: еще немного, утверждал он, и вы перестанете казаться себе центром Вселенной, самой увлекательной и горестной частью всего сущего, и именно тогда наступит самое интересное.

Я часто вспоминаю эти слова, читая прозу Кирилла Кобрина: удивительным, уникальным качеством этого письма представляется мне то, что у этого литератора нет своего, ему все чужое, то есть все ему равно интересно, но и равно несвойственно: по Шкловскому, от всего он находится на вечно творческом расстоянии остранения, отчуждения.

Так интересны нам бывают именно чужие вещи, чужие страсти, чужие письма. В этой прозе говорящий равно удален и от себя, и от Другого: здесь нет места пристрастию, ревности, всем заправляет внимание.

Новая книга эссе Кирилла Кобрина «История. Work in Progress», с острым, меланхолическим изяществом изданная рижской «Орбитой», – это заметки путешественника, но прелесть и смысл их заключаются именно в том, что перед нами – путешественник, одновременно предельно внимательный к подробностям чужого бытия и чужого письма и совершенно не собирающийся эти миры присваивать, использовать. Они нравятся ему именно как всегда, совершенно и определенно чужие.

То есть, если следовать определению «коллекционера» Вальтера Беньямина, Кобрин – коллекционер не до конца, коллекционер с вывихом и вывертом, подробности бытия интересны ему сами по себе, а не в связи с собственными

[1] *Кирилл Кобрин.* История: Work in Progress. Рига: Орбита, 2018.

потребностями, недостачами. Он не стремится пополнять собственную коллекцию вещей, слов или снов, он наблюдает и следует далее. Беньямин говорит о коллекции как о форме повествования, о нанизывании: история Кобрина конструируется иначе. Она не связывается, но распадается: на множество лиц, подробностей, деталей, казусов. И одним из важнейших принципов мне здесь кажется принцип внимания к одной, отдельной, хрупкой, жалкой, неотразимой вещи. Вот ваша история, говорит Кобрин, она несется как грязная, страшная вода наводнения (не могу не заметить, что я встретила Кирилла и начала его слушать в лето пражского наводнения 2002 года, когда утонули и пражский бегемот, и мой фотоаппарат). Из этого наводнения нам под силам достать вот этот листок, этот листик, блестящее стеклышко – и начать рассматривать как самую важную вещь на свете, при этом зная, что задержать, удержать у истории мы этот предмет не в силах. Книга Кобрина, как и положено, заканчивается на кладбище, по которому автор бродит с горьким, легким, благодарным удивлением: «было, были...»

В книгу вошли три эссе о романе венгра Петера Надаша об ускользании Европы и о попадании самого рассказчика в Европу. Европа, прочитанная и продуманная Кобриным, всегда в опасности быть похищенной, объясненной, присмиренной, отраженной во множестве ревнивых зеркал. Дело не (только) в том, что автор этих строк проводит свою жизнь писателя в дислокации: начиная с XX века мы обнаруживаем легион профессиональных изгнанников и беженцев от письма с шеей, вывернутой навеки назад, наоборот, туда, туда, где лимоны цветут. В кобринском мире вообще нет ностальгии, отсчета от исходной точки, по которой все потом сверяется, с которой все потом сравнивается (в русской словесности есть автор, посвятивший весь свой недюжинный желчный дар изучению того, как ностальгия пожирает историческую перспективу, кислоте подобно, – это, конечно, Тэффи).

Кобрин – идеальный шпион, двойной или тройной агент, кому он служит, понять невозможно. Только лишь тому, что он наблюдает в данный момент: вот этой книге, вот этому городу, вот этому кладбищу, вот этому философу, вот этому супу (веганство по накалу страсти здесь спорит с любовью к, скажем, Вальзеру или к бесконечному, бесцельному, сосредоточенному движению по/к новому месту, куда посылает героя-рассказчика безликий случай).

Вот этот герой-рассказчик в движении и есть ось эссеистической машины Кобрина. Не будет ни дерзким, ни оригинальным заметить: новейшее эссе в русской литературе рождается мучительно, странно, медленно. Отказ от сюжета, от пристрастия, от авторитарного авторского «Я», от условности дается нынешней словесности непомерным трудом (те, кто пытался дать ток этому неотразимому, на мой взгляд, способу мыслить, те же Шкловский, Гинзбург, Шварц, смотрят на нас, должно быть, с сумрачных надпитерских небес с недоумением: мол, ну что же вы?). Мы, то есть настоящий момент литературы российской, держимся, как утопающий за щепку, за отроческий нарциссический надрыв, за простодушие сюжетной скрепки, осознавая, что, если отпустишь, все твое умение думать станет совсем видным. Не случайно лучшие русские эссе конца XX века написаны Бродским по-английски и таким образом отданы под защиту совсем иной традиции отношений с собой и с читателем: отношений дистанции.

Кирилл Кобрин, историк, урбанист, читатель, остроумец, призывает входящего в его мир к свободе: от привычки знать, от привычки удерживать за собой тяжкое последнее слово. Его слово – легкое, поэтому так хочется брать его с собой в путь.

Иными словами[1]

проза Кати Капович

Говорят, такое бывает. Знаешь человека лет сто, рубаха-парень, без всякого стеснения чистишь при нем зубы, ноешь о разбитом сердце и пытаешься это сердце даже кое-как подлатать прямо на диване, под которым твой многотерпеливый друг пытается заснуть. И вдруг: поворот луча, неожиданная концентрация остроумия – и, не переставая удивляться себе, ты видишь в том, уже узнанном (или тебе только казалось?), нового, другого – отворачиваешься, мямлишь и краснеешь. И впоследствии, уже через новый образ, заново видишь тот прежний, ранее для тебя закрытый. Это я пытаюсь начать говорить о своем отношении к прозе Кати Капович. Разговор предстоит непростой, с несколькими заходами в апофатику. Нужно понять, каким образом проза Капович связана с и отлична от ее поэзии. Также нужно понять, каким образом эта проза отлична от того, за что ее частенько впопыхах принимают.

В то время как я провожу слишком много времени, пытаясь объяснять студентам, что литература не спорт, это не вся правда. Литература – это другой спорт. Просто здесь дистанция не упирается в пьедестал почета, вокруг которого стоим мы, награждающие и оценивающие их, здесь побеждающий становится неуловимым для толпы болельщиков – это клише «обогнать свое время» на самом деле значит, что лучшие убегают от нас туда, где мы их не очень-то уже и видим, ощущаем, понимаем, различаем. Пораженье – буквально – неотличимо от победы.

---

[1] *Катя Капович.* Вдвоем веселее. М.: Астрель, 2012. *Катя Капович.* Суп Гаспачо. Нью-Йорк: Littera Publishing, 2018

Поэзия Капович, на мой взгляд, относится к тому уровню и миру мастерства (ярко представленному харизматическими фигурами речи, например, у поэтов Гандельсмана и Гандлевского), который с интересом застыл на волшебном навесном мосту, отделяющем физическое от метафизического. Скажем проще: эти мастера пристально заняты предметом небытия, поэтические слова их стали острые и легкие, как дождь, – как в дожде, здесь все всему подобно, все невероятно ловко и точно рифмуется и все слегка отравлено вкусом снисходительности к реальности, которую описывать стало так легко и так скушно. Страшная их битва отбушевала, поверженный титанический тиран сожран муравьями, соратники, там падшие, совершенно ни к чему новым варварам, отказывающимся в сотый раз слушать истории о сражениях с тираническим титаном. Новые варвары кричат свои варварские слова и – самое мерзкое – иногда помечтывают о возрождении титана, забыв о руках брадобрея и его чудесном наборе палаческих щипчиков. Читать стихи этого летучего отряда варвары уже почитали, а перечитывать – еще время не пришло.

Как сказано в записках Вяземского: «Я ничего не имел бы против музыки будущего, если бы не заставляли нас слушать ее в настоящем». Музыка будущего ни к чему им – бойцы отряда, похожие на алена делона (не актера, но object d'art'a) в конце мельвилевского «Самурая», заняты различением бесподобных оттенков серого, на фоне которого они сами кажутся вырезанными из камня, замершими, замерзшими, назад смотрящими.

Так вот – проза Капович не имеет ничего общего с этими поэтическими задачами и точками отсчета. Она вся занята предметом именно что – бытия.

Персонаж-автор-повествователь ее прозы не имеют никакого отношения к культурному капиталу бойцов, поминающих минувшие дни (поэт Капович и прозаик Капович соотносятся как принц Эдвард и нищий Том Кенти со Двора объедков – их амбиции, гонор, способ говорить служат разным мирам и задачам). Эта проза наполнена теми, о ком мой отчим (описывая состояние моей комнаты) горестно говорил – помоечница! Если уж речь зашла о состоянии детских комнат: позавчера мы с Фросей искали у нее персонажей для кукольного, что называется, ремейка Золушки – каждый раз, когда я поднимала с полу уж совсем странную трубочку или черпачок, снисходительная Фрося бросала: ну, это может быть повествователем.

Катартического облегчающего взрыва Капович виртуозно не допускает.

Проза Капович пишется с точки зрения мусора: в одном случае это завшивевшая сумасшедшая, в другом – магазинная воровка (причем не советую путать такое позиционирование с фигурами, допустим, Жене, которые воруют и вшивают именно и намеренно так, чтобы у читателя тут же возникла эрекция сострадания). В то время как поэт Капович оптически настроена на контакт с прошлым, Капович-прозаик пишет сейчас – в этом «сейчас» у нее триумфально-провальный (и триумфальный, и провальный) опыт пристраивания (анти)советского интеллигента к чужеродной, заморской повседневности. Именно этот сырец она насыщает жесткими, болезненными, именно что золотыми нитями своего прозаического мастерства.

Капович работает с несколькими рабочими коробочками (чудовищное словосочетание, сбежавшее со школьного урока труда), и коробочки эти отличны от коробочки того, с кем ее наспех сравнивают, – Довлатова, в основе энергии которого был все же автоэротизм, проецирующий, в свою очередь, матовое, шафранное и отравленное сияние лика, и письма Зощенки.

Капович повествует с уровня зеро – позиция Наполеона на сухоньком острове Св. Елены никак не переносится на вот такое письмо: «После ужина мы вышли в парк. Ветер гнал по аллее листочки акации. Мы сели на скамейку с видом на закат, и Филипп дежурным жестом извлек из кармана железный гребень. У нас наблюдался прогресс, уже третью неделю не было видно ни вшей, ни гнид.

– Давай все-таки проверю разок! – сказал он.

Я положила голову ему на колени...» В декорациях дачного «Гамлета» Капович представляет нам жалкую комедию любви: по силе использования приема «вошь» этот пассаж можно сравнить с поэтизацией вши (чудовищной, прозрачной, непобедимой) у Лидии Гинзбург.

Полагаю, что среди массы творческих излучений, оказывающих влияние на Капович, наиболее интересно думать о том, как пересекаются Чехов и современные американские stand-up – причем очевидно, что из этих столь разительно несходных источников она черпает один урок: выворачивание своего «я» обратной стороной, изнанкой, где видны швы – как говорила все та же учительница труда: мастера по шовчику видать.

По шовчику видать, что Капович восприняла всерьез чеховский навык не жалеть отца для красного словца – растворяя в кислоте своей прозы родителей, возлюбленных, друзей, своего Б-га, а главное, себя – именно стирая себя, свою жизнь в порошок, с помощью которого на бумаге получается такая версия хаоса, которая помогает нам излечиваться от бесчувствия – состояния синонимичного, казалось бы, самой жизни. При чтении этой прозы позиции «очень смешно» и «очень горько» достигают своего пика одновременно – как и положено гротескному сознанию.

Другой чеховский урок – это отказ от разговора с зеркалом как единственно занимательного (можно себе представить, что у Чехова, предпочитавшего общение с мангустом сеансам с кровожадными ордами юных – если бы только юных – сочинительниц и проводившего все больше времени в нужнике с кровавой ванночкой наготове, желание приглядываться к себе как-то отпало как раз тогда, когда возникли самые непобедимые его тексты).

Протагонист-повествователь Капович интересуется именно этим – выживанием. Возможен аргумент, что для того, чтобы выжить, нужно, чтобы обезболивающая ностальгия («чего вы боитесь? мы боимся провала и позора» – повторяют, как заклинание, «посетители» психушки в ее рассказе) все же перемежалась с непосредственным интересом к непосредственной окружающей среде.

Это именно такой умозрительный момент, когда Овидий перестает писать Скорбное, вглядывается в аборигенов, начинает подражать их языку, пользоваться их деньгами и пейзажами и начинает писать Душераздирающе Смешное, поняв, что жить, доживать, приживать-ся придется, видимо, все-таки здесь. И если Чехову для поддержания градуса ужаса (редчайший случай опять же – жалости к себе человеку не хватало) пришлось устряпать на Сахалин и опросить там лично тысячи каторжан, то Капович предоставлен иной творческий чернозем – чужбина.

Неравнодушная, а можно даже сказать – ревнивая к достижениям американско-английских способов бытования художественной речи Капович усвоила здесь особые формы бытования смешного. Когда ты читаешь на публике в России, публика намерена тебе со-страдать. В первом ряду сидят все четверо твоих самых терпеливых друзей, на их высоких лбах, как у хорошо пожившей таксы, морщинки наливаются сумраком.

Когда ты делаешь это в Америке, к тебе приходят смеяться (я лично несколько раз пыталась ручной гранатой блестящей ремарки подорвать сомнительную вековую традицию, мрачно предупреждая: то, что я собираюсь вам прочесть, НЕ СМЕШНО! Тут публика принималась уже просто покатываться со смеху, принимая меня за особо изощренную шутиху). Чем более дикое отражение себя встречает твой читатель/слушатель/потребитель, тем ему радостнее, да его просто сейчас разнесет на мелкие кусочки!

В том-то и дело, что именно этого катартического облегчающего взрыва Капович виртуозно не допускает. То есть она совершенно отказывается делать нам красиво: входя в ее миры, мы видим себя косноязычными, бессердечными, родства не помнящими, сентиментальными лжецами и выживателями – иными словами, мы видим себя живыми, становящимися, многоликими и многоязыкими, и это мне кажется одним из сложнейших достижений ее письма.

2014[1]

[1] Опубликовано в журнале «НЛО» 2017, № 2 (126).

Изнанка земли: о новых стихах Игоря Булатовского[1]

Можно предположить, что каждое стихотворение мастера поддается описанию как химическая формула: если воспроизведем ее правильно, то поймем, из какого вещества сделана эта поэзия, чем отлична от других поэтических систем. Чтение, таким образом, подобно для меня детскому походу в геологический музей – вокруг тебя переливаются минералы, все они вроде бы состоят из схожих элементов (при этом, возможно, странных элементов, даже адских: сера, уголь), но именно их особое сочетание делает этот кус земной породы черным и сияющим, а тот – желтым и тусклым.

Вещество, из которого состоит поэзия Игоря Булатовского, кажется мне хрупким, таковым предельно, и задачей этого вещества является повествовать о том, что хрупко, о том, что не длится, или длится ровно столько, сколько пишется-читается-помнится стихотворение.

Задача поэзии Булатовского: замечать и рассматривать хрупкие вещи.

Иногда мне кажется, и мне важно сказать, что это вообще не стихи, а песенки. В верленовском понимании и исполнении этой задачи: такая песенка меняется при каждом исполнении, чтобы исчезнуть в сыром мартовском воздухе, подразнив возможностью возвращения, но ничего, конечно

---

[1] *Игорь Булатовский.* Смерть смотреть. Ozolnieki: Literature Without Borders, 2016.

не обещая, такая песенка ладна и ласкает слух. Может быть, поэтому мне так близко стихотворение Булатовского о Вертинском: об одном из невероятно странных явлений советского века, декаденте и, чего уж там, космополите, на сталинском послевоенном пиру, где дело шло за делом, а жеманный и неотразимый старик подпевал всему этому «я маленькая балерина», нещадно, издевательски грассируя.

крутится вертится встав на ребро
музычка чёрствого цвета
белый пьеро получает в ебло
чёрный пьеро получает в ебло
...
будет и охать она и стонать
брюхом тебя прижимая
родина-баба етить твою мать
родина-баба эдипова мать
к травке червивого рая...[1](28)

Именно в ладности, кошмарной и завораживающей приятности для слуха, для памяти смысл формы поэзии Булатовского. Нынче мы наблюдаем исход рифмы, систем современного письма, где рифма производит новые смыслы совсем немного. В стихах Булатовского рифма производит впечатление странное, болезненное, мы понимаем, что она на исходе, вот сейчас завод (валика шарманки) кончится и она замрет:

Прощай, прощай, зелёный завиток
под животом прекрасной дюны,
и солнца репчатый дымок,
и ветер на прощанье дунь и –
прощай, метафора, смотри,
всё это только море, море
и небо у него внутри,
а в небе бог, а в боге рифма[2].

[1] *Игорь Булатовский.* Смерть смотреть. С. 28.
[2] Там же. С. 75.

Вообще мастерство в этих стихах, их формальная гибкость, упругость производит впечатление болезненное, на грани мучительного впадения в другое измерение, как впадают в детство (примечательно, что эта идиома эвфемистична, впадают в обратное детству состояние жизни уже по ту сторону речи):

донна анна дева света
у меня синдром туретта
так и хочется сказать
что не света вы а блядь
донна анна монна ванна
анна ванна командор
у меня синдром морфана
дяди вани трёх сестёр
тятя тятя тётя валя
у меня синдром стендаля
чуть подует бог в трубу
у меня глаза на лбу[1]

Изящная русская словесность превращается здесь в неконтролируемую ругань, проклятие, мутный поток сознания, где все рифмуется, то есть может быть связано со всем: хочется сказать, что это поэзия конца, что такая поэзия бывает в конце, но дело в том, что постоянно предчувствуя и представляя свой конец, поэзия все же не кончается. Особенно поэзия петербургская, выразительнейшим и последовательным делателем/исполнителем которой Булатовский представляется мне сегодня.

Петербургская поэзия занята, как известно, прежде всего ситуацией небытия, город, который был устроен так и чтобы исчезнуть, породил поэтическую проблематику маниакальной последней мысли. Бред бедного Евгения – вот наша главная мелодия. Именно с ней мы до сих пор ходим по дворам. Работа Булатовского переносит эту проблематику в контекст после модернизма, когда автор может по-

[1] Там же. С. 42.

зволить себе лишнего, когда перед ним, как на параде времен, выстроились все возможные вариации темы.

Человек, который сыграл важную роль в уточнении поэтического слуха Булатовского, Олег Юрьев, как меланхолический, безнадежный волшебник Черная Курочка напомнил нам основные заклинания питерского двадцатого века, века невиданных литературных злоключений и богатств. Тут мне хочется сказать нечто не обязательное, но для меня важное: чтобы быть поэтом и чтобы почитать поэта, не так важно помнить своих учителей и товарищей, в конечном итоге ты в этом деле, в этой битве всегда один. Уже возвращаясь из нее, ты можешь заметить общность. Так вот: про общность. В данный момент, в петербургской школе письма, как мне кажется, происходит не небывалое, но вновь радостное положение вещей: вновь сошлись любители слово ломать и любители слово держать, хранить, лелеять, какое бы оно ни было слабенькое, мертвенькое почти как зимнее зерно (такая ситуация, понятное дело, может напомнить нам о начале 20-го века). С какой-то отчетливой резкостью узнавания, перечитывая последние стихи Олега Юрьева, Валерия Шубинского и героя этих заметок, я поняла, что речь идет о явлении, об усилии, направленном к одной цели: хранить (естественно, совсем не случайно название их журнала/платформы). Теперь, когда, эти голоса достигли такого звука, такого объема, что могут быть только отдельно, стало очевидно, как они различны, но и как родственны, как каждый из них, усиливаясь, становится, все хрупче и странше. Для меня эти поэты сейчас представляют источник драгоценной, нервной, сложной энергии. Каждый из них разрабатывает особый парадокс: как можно охранять традицию, в самой основе которой содержится тлен, безумие, драгоценная гнильца/пыльца, которая служит, прислушивается к таким неотразимым отцам-основателям, как Константин Вагинов, Алик Ривин, Мирон Левин, Роальд Мандельштам? Ни у кого из них, певцов конца, не было детей, да и учеников, казалось бы быть не могло: непредставимым кажется процесс литературной учебы у Ривина, обладателя мешка кошек, или у вечного Кости, смешливого (как выяснилось, насмешливого) Вагинова, обладателя скрюченных когтей, подозрительных перстеньков и туберкулезной каверны на щеке, так? Ну чему такие могли научить? Так да не так.

Возможно, именно вчитываясь в эти стихи, мы узнаем что-то новое о генеалогии, о способах передачи тепла, энергии, знания в современной поэзии. На мой вкус, Булатовский является наследником по непрямой, произрастает (именно, как кристалл) из той же потребности питерского языка, из которой Вагинов превратился, перелился, перерос в/уменьшился до Максимова. Любопытный эпитет «блокадный» часто встречается у Булатовского, обозначая разные вещи, то ужас, то ужасную жалость.

Максимов в своем блокадном триптихе показал, как дистрофия приводит к инфантилизации языка, да и в блокадных дневниках мы встречаем утверждения, что это чудовищное сюсюканье было симптомом под/на-ступления такой фазы дистрофии, откуда не возвращаются.

В смирительной, с ложечкой дёгтя во рту,
под мёртвой от счастья звездой
родиться в огромную речь-пустоту,
где каждая правда видна за версту,
где ложь растянулась верстой.
Родиться и жить, как за пазухой у
немого метельщика – щен,
учась одному золотому му-му…

Вот именно эта «ложечка дегтя во рту» и кажется мне симптомом: поэзия эта работает как отвратительное горькое лекарство, как заклинание, почти столь же страшное, как и сама болезнь.

И во всем этом, конечно, присутствует ирония, играющая здесь роль анальгетика, агента по утишению боли. Невероятно красивы эти страшные стихи:

Нащипанный воздух, набрякла твоя корпия,
всё тобой обложено, где ещё тебя взять?
Из каких ветхих тряпок, шедших на высокие скорби, я
натреплю, нащиплю тебя, чтобы опять и опять

к этим ранам из снега и щебня прикладывать,
к этим ртам, этим рваным, несущим такую тоску,
к этим глупым, насущным, – что не хватит всей ваты ведь
червячков твоих белых в твоём голубином мозгу?[1]

Да, да именно изнанка земли, сор. Поэзия Булатовского
для меня сегодня – очень живая, острая, резкая реакция на
слова одного из самых проницательных, хищных, недопрочитанных литературных критиков питерского века: Анны
Ахматовой. Стихи более не растут из сора, они растут в сор,
они есть лабораторный процесс наблюдения за жизнью сора, процесс, отрицающий иерархию и брезгливость. Если
вглядеться в сюжеты этой поэзии, попытаться проследить
ее событийность, не выйдет ничего путного. Никто здесь не
содрогается от любви, никакое «я» не открывает, не закры-
вает себя же. Какие-то мини события языка, жизнь языка
под микроскопом.

Читая стихи Булатовского, одновременно испытываешь
наслаждение и отвращение, и не можешь уже от них отделаться, отделиться. Напоследок, я бы хотела привести здесь
стихотворение, которое мне особенно близко, а также кажется симптомом, вот так работают эти стихи:

Две вороны вечером осматривают гнездо,
вступая в гражданский брак.
Я держу свечку, оказавшуюся звездой.
Они говорят: «Дурак, дурак!»
Понятно – дурак, но чем дурней,
тем ярче горит звезда,
и матримониальный театр теней
оглашается хриплым: «О да!»[2]

За основу берется не событие, какая-то чушь бытия: поэт оказывается наедине с тьмой и к ней прислушивается.
Это стихотворение о звуке во тьме, звук этот, конечно, по

[1] Там же. С. 58.
[2] Там же. С. 16.

логике этого письма, оказывается звуком гротескным: вороны занимаются любовью. Поэт тоже в одиночестве предается любви и игре, звук «карр» переворачивается, анаграмматически превращается в «дурак». Из ничего не выходит ничего, но минутку или жизнь во тьме можно скоротать, играя в слова.[1]

[1] Опубликовано в журнале «НЛО» 2014, № 3 (145).

Когда погиб поэт[1]

Когда 20 лет назад погиб поэт Алексей Ильичев, я написала стихи, сравнивающие его судьбу с судьбой парижского чудо-отрока Раймона Радиге: судьба эта наобещала читателям с три короба чудес и усмехнулась отвратительным бессмысленным оскалом: не потому, что смысла нет, а потому, что он нам неясен и неясность эта вызывает острую боль.

Радиге написал свой первый прогремевший дикий роман, парижская читающая публика собралась наблюдать его роковой восход, тем временем он сгорел от тифа, да так, что даже его суетливый, многоречивый обожатель Кокто охнуть не успел: Радиге не стало, голос его замер.

Чудовищный и чудовищно остроумный поэт Оден заметил, что поэт кончается тогда, когда решает кончиться, когда работа его свершена.

На него хочется заорать, затопать, но хочется ему и поверить и принять corpus стихов Ильичева как именно то, что нам нужно, нам доступно сейчас, в этой жизни.

Стихи Ильичева, прочитанные лишь ближайшим его литературным кругом (скорее даже кружком) как мне представляется не утратили своей силы за те годы, что прошли без него.

Бегущий из Содома человек
Напоминает то стрелу, то столп,
То мост для прохожденья встречных толп,
Идущих маршем из эпохи в век, –
По ягоды, по якобы любовь,
Пешком, как колдовство идет с экрана,
Или как черви заползают в рану,
Или из раны вытекает кровь.

[1] *Алексей Ильичев. Сдача в плен. СПб.: Геликон Плюс, 2018*

Каковы основные качества такого стихотворного текста? – предельная сжатость и чудовищная достоверность, ощущение подлинности: даже если, скажем описывается видение Ада. Стихотворная ткань этого стихотворения выполнена мастерски: слышен свист стрелы, все посвящено ощущению панического движения, при этом все звуковые элементы переливаются друг в друга, перекликаются друг с другом, этот текст о тотальном движении безупречно *сделан* (сделанность – филоновский термин мастерства), где продуман, взвешен, связан с другим каждый элемент.

В стихах Ильичева мало того, что называется личным, «Я» в этих стихах *почти* устранено: мне даже кажется, что этот эксперимент, по отстранению (от) себя, является одной из главных поэтических идей Ильичева, и это одна из причин, почему его поэзия сегодня кажется столь современной: сегодня, когда различные варианты безликого, (в)несубъектного письма привлекают столь острое внимание читающих и пишущих.

При этом стихи Ильичева эмоциональны, но эмоция кажется отчужденной, чужой: он постоянно пытается отделить отодрать себя от своего «Я» и разглядеть образовавшийся зазор, (операция кстати обратная операции другого вечного мальчика – Питера Пэна, который так страстно приклеить на место свою тень).

Кто там плакал в отдаленьи
За прозрачною стеной,
Плыл обманчивою тенью
Над обратной стороной?

Кто там плакал непечально,
Беспричинно, налегке,
Ничего не различая
Ни вблизи, ни вдалеке?

Кто же плакал там, не плача,
Не дрожа, не горячась.
Ничего ни в чем не знача,
И насквозь всему сочась?
....

Трамвай идет то медленно, то быстро.
В трамвае едем только я и холод.
Вот остановка, но никто не входит,
И я на ней отнюдь не выхожу.

Негнущиеся пальцы прижимаю
Друг к другу, и мне кажется, они
Уже живут иною, чуждой жизнью,
И кровь моя мне больше не нужна.
...

Мне хорошо и без
Того, что я как бы есть.
Будто теряешь вес,
Но не хочется есть.

Словно бы смотришь из
Леса в свое окно.
И забываешь жизнь,
Мертвую, как зерно.

В общем, меня здесь нет.
Узнанный вами вид –
Как проездной билет,
Который уже пробит.

В этом остраняющем сдвиге поэзия Ильичева, стоящая
вполне обиняком в своем времени, кажется мне сходной с
несколькими исходами символистской поэзии (1990-е среди прочего были эпохой сосуществования/перечитывания/
переписывания всего 20-го века, происходил своеобразный
Парад Планет)

Орфей

– Кого ты услаждаешь, сладкогласый?
– Я иногда их чувствую под кожей.
Они похожи на высоких женщин,

Но вместо губ у них кривые клювы.
Нет, вовсе не на женщин. Змеи, птицы.
Они остры и мягки, как бумага.
Целуют, жалят, слушают, молчат...

Это похоже на тех, кто слишком глубоко вдохнул Блока, задохнулся Блоком даже: на Ходасевича, Вагинова, Максимова. С Ходасевичем, который, возможно оказался русским поэтом наиболее созвучным концу двадцатого века, мы постоянно чувствуем сродство в этих стихах:

Когда в лучах зари тщедушной
Так мило жизнь отражена,
Так глупости твоей послушна,
Так жадности твоей верна,
Так падает к тебе с балкона,
Так тянет под воду на дно,
Ты словно бы в одной из комнат,
А в остальных еще темно.

И Ходасевич, и *поздний* Блок (сам АА, и те, кто пришли позже) – хорошее поле для молодого, начинающего, обещающего поэта, при этом критики, читатели учитывают, что поэт вырастет, перерастет, войдет вполне в свой голос: но вряд ли, более поздних стихов Ильичева нам узнать не дано. Однако одной из моих любимых фантазий, является такой закоулок рая, где производятся, происходят, звучат новые стихи Веневитинова или Когана или вот – Лермонтова ... И Леша там:, рядом с ними: продолжает.

Почти ничего нигде:
похвала отрицанию[1]

Вот уже более полугода я пытаюсь написать рецензию на первую книгу стихов Михаила Гронаса «Дорогие сироты,». Но у меня не получается. Главная трудность заключается в том, что артикуляция достоинств этой книги означает для меня отказ от многого, что мне всегда казалось sine qua non поэтического ремесла. Меня учили, что задачей поэзии является делать красиво и утешать. Пугать так, чтобы было не страшно. Например, рассказывать о разлагающемся трупе лошади так, чтобы это можно было – хотя бы и сто лет спустя – задавать французским лицеистам на дом – выучи-ка и повтори без запинки, повторяй десятки раз, пока не выучишь – падаль, падаль, падаль.

Моё читательское «Я» полгода недоумевало и отфыркивалось. Я знаю много способов посредством слова делать жизнь приемлемой. Я не вполне понимаю, почему в своих стихах Михаил Гронас не воспользовался ни одним из них.

Я могу назвать дюжину имён, которые можно было бы угадать за стихами Гронаса. Да, здесь напрашивается микроскопическое безжалостное зрение Ходасевича. Но Ходасевич, автор непоправимого «An Mariechen», настаивает на отвратительности мира и таким образом призывает читателя отвернуться от увиденного. Вот отвернешься и – опять будет душа незримо жечь и разъедать, будет другой автомобиль являться. И будет легче.

Да, здесь, казалось бы, поработали ребята из ОБЭРИУ, с их, казалось бы, умением довести слово до полного ничего: «Ты расскажешь паровоз – почему же паровоз – мы не хочим паровоз» (Хармс). Но вот именно оттого, что они не хочут, становится жить веселее на руинах из детских кубиков с буквами.

---

[1] *Михаил Гронас.* Дорогие сироты. М.: ОГИ, 2002.

Здесь можно рассуждать о минимализме и филологической поэзии, пижонском косноязычии Лимонова и нищенском александрийстве Вагинова и Егунова, но все эти миры только лишь параллельны (и Лобачевский здесь не в помощь нам) тем стихам, которые я с глухой печалью вот уже полгода перечитываю, раздражаясь ими, не будучи в состоянии от них освободиться:

брат, пусти меня обратно
– не пущу не пущу
брат прости меня обратно
не прощу не прощу
брат мне холодно и хладно
– ну и что? ну и кто?

это я твой брат пернатый на погибели женатый в час невыгодный рождённый замерзаю охлаждённый ног не чувствую и пяток рог не чувствую и маток смерть колени обнимает смерть последнее снимает вот я гол и вот я наг брат скорей со мною ляг.

Если уж говорить о литературных декорациях этого действа, то здесь скорее за сценой раздаётся – тятя тятя наши сети притащили мертвеца. И ворон – *брат пернатый* – к ворону летит...

Стихи Гронаса – о мёртвом, но не с точки зрения живого. Это не элегия, не скорбная песнь... Они скорее напоминают когда-то изумившее меня объявление на двери Филфака ЛГУ – «Имярек отчислен из университета по причине смерти».

Жанр этих стихов – констатация, директива – считать меня (тебя) мертвецом (любовником). Куда *со мною ляг?* В могилу? И что же мы там будем делать вдвоём – разлагаться?

Нет уж, я лучше Бодлера наизусть поучу – у него так всё изячно. А то, что ж это такое:

кто я такой чтобы лежать на этой кровати
и целовать твои запястья?

Надо (надо ли? всё-таки – надо) заметить, что именно эти две строки вызвали у меня в начале особенное, злобствующе-насмешливое непримирение. Какое-то запястье преткновения, lapsus manu по Фрейду – почему нужно, неуклюже извернувшись, целовать запястья, а не, следуя обычаю предков, всё остальное? Запястья режут, не целуют... Или совсем нет различия между актом любви и актом смерти? Или всё одинаково стыдно и неловко – нагота любовной несвободы и теснота братской могилы?

мы братья тонкие мы братья
горько люби меня, браток

Странный это браток. Оно конечно, братцами называли друг друга пакостные и неотразимые антигерои «Сатирикона». Но нет в книге Гронаса никого и ничего пакостного либо неотразимого.

В этой книге чувств-с хватает, но о них обычно не то что книжки не пишут, о них вслух не говорят: всё здесь наполняет бессильная, граничащая с брезгливостью жалость, которую невозможно не испытывать и бессмысленности которой нельзя не стыдиться:

дорогие сироты,
вам могилы вырыты
на зелёной пажити
вы в могилы ляжете
и очень нас обяжете

очень нас обяжете

Был такой фильм у Сокурова, назывался «Скорбное бесчувствие». Можно повертеть оксюморон в руках, превратить его, скажем, в *заледеневшее (со)страдание* и прицепить этот ярлык к этим стихам. Можно ещё раз перечитать:

не люби не люби не целуй не целуй никого не веди
        никогда не веди
никуда ты лежишь в коробке ты дрожишь налегке
        в холода

вот болит вот устал но уста это рот да и тот ещё тот
ещё то говорит ещё та пустота и осадок с утра то ли
рыба на суше то ли голос в воде не надо не слушай

Перечитать и поздравить себя с тем, что в русской поэзии, которая (как мы всегда помним! никогда не забываем!),
умерла, появился новый слог. Перед нами поэтика бормотания, слова то ли прижимаются друг к другу, то ли прячут-
ся друг за друга; слова-новобранцы, слова-заключённые,
слова-будни, слова-сироты... Традиционное уже отсутствие
заглавных букв и знаков препинания внезапно приобрета-
ет здесь смысл – на бесконечном сером заборе (вдоль которого шёл и шёл когда-то чеховский любитель арбузов) нет
и не может быть ничего (отвле)развлекающего. Серый забор
серых слов, соединённых серыми рифмами, – за ним живёт
отрада в высоком терему и далее по тексту.
Стих Гронаса окончательно свободен. Производимое им
впечатление непреднамеренности должно было бы свиде-
тельствовать (и отвлечённо – свидетельствует...) о виртуозно-
сти автора... но старые ценности поэтического цеха кажутся здесь абсурдно-лишними. Это какой-то оживший, чтобы
немедленно сойти (и свести) с ума, учебник грамматики:

дома о домах люди о людях рука о руке между тем
                                             на нашем языке
забыть значит начать быть забыть значит начать быть
                                                       ничего
светлее и мне надо итти но я несколько раз
                             на прощание повторю
чтобы вы хорошенько забыли:
забыть значит начать быть
забыть значит начать быть
забыть значит начать быть

Новый слог, новый путь, новый свет (с самой-самой маленькой буквы). Зимний, безрадостный, ровный, скупой свет, который почему-то один мне нужен теперь. Не знаю почему[1].

---

[1] Опубликовано в сетевом издании Textonly, № 11, август 2003.
http://www.vavilon.ru/textonly/issue11/barskova.html

Выжить
в русской литературе[1]

В издательстве Ивана Лимбаха вышла книга Олега Юрьева «Неизвестные письма», состоящая из трех воображаемых писем. Публикуем рецензию Полины Барсковой.

Книга Олега Юрьева устроена просто и изящно, читателю удобно в нее войти, удобно в ней быть, поначалу из нее выходить неохота, а потом, когда читатель уже достаточно соединился с происходящим в книге, оторваться сложно, потому как обнаруживается эффект прирастания (так в детстве, на слабо ты отваживался лизнуть январские школьные перила, и скоро становилось понятно, что отдирать язык придется уже с кровью).

Книга состоит из трех воображаемых писем. Писем, которых не было. Каждое из них «написано» литературным неудачником литературному удачнику: Якоб Ленц пишет Карамзину, Иван Прыжов – Достоевскому, Леонид Добычин – Чуковскому. Таким образом задается система координат: одним из главных вопросов становится вопрос канона, литературной удачи и неудачи, вопрос, почему одни писатели приходятся более к своему времени, а другие менее, оказываясь в нем чужестранцами, приживалами, бедными родственниками, понуждаемыми писать длинные письма, полные жалких слов, которые, скорее всего, так и останутся непрочитанными, нераспечатанными, и главное – ненаписанными.

Книга эта полна знания и ума, доброты и такта. Юрьев выбирает в адресаты, собеседники своим протагонистам

[1] *Олег Юрьев.* Неизвестные письма. СПб.: ИД Ивана Лимбаха, 2014.

фигуры огромной сложности, огромного масштаба. Карамзин, Достоевский, Чуковский – трагические творцы, сумевшие заставить свою эпоху не только прислушиваться к себе, но говорить своим голосом. Никакие пытки, унижения и сомнения не заставили их отвлечься от главной задачи: выжить в самой сердцевине русской литературы, для этого ни за какой ценой они не отказывались постоять. Но их истории, их роли преломляются в книге Юрьева через зеркальные поверхности совсем иного рода. Авторы придуманных им писем схватки с историей (литературы и просто) не снесли. Они навсегда остались на ее полях, в ее складках и трещинах, известные лишь гурманам и (за)знайкам.

Так проявляется второй острый вопрос, которым строится эта книга: что такое литературное знание? Зачем оно, как оно может служить и кому?

Юрьев, настойчиво, но ласково, как лекарство – болезному, предлагает массу, прорву литературных фактов и подробностей: в этой книге оживают эпохи, по крайней мере на время чтения притворяются живыми. Это ощущение сходно с описываемым одним из адресатов неизвестных писем: Чуковский в своем блестящем и обо всем, о чем возможно, умалчивающем, очерке о Тынянове описывает граничащее с ужасом удовольствие тех, кто Тынянова слушал. По Чуковскому, Тынянов мог изобразить повадку незадавшегося декабриста, походку царскосельской кокотки, мог предположить зябь и тревогу какого-нибудь ничего не достигшего наводнения.

Что приводит меня к разговору о третьем письме в этой книге, о городе водных и ложных стихий. Кто любит и знает золотые и позолоченные города и века более меня, скажет о том, как Юрьев обживает их, а я по привычке отправлюсь в Ленинград, на сей раз в его понимании: в Ленинград 1930-х, той поры, которая казалась худшей тем, кто еще не знал, что все худшее впереди.

В этом, конечно, и заключаются искус и радость тех, кто высоко сидит, далеко глядит из будущего, тех, кто властен задавать вопрос «а если?». Вопрос, очевидно, некорректный, и очевидно, правильный, полезный для понимания, вопросфонарик, с помощью которого мы можем заглядывать в потайные, неизвестные места истории.

Хотя что это значит неизвестные? Те, которых мы не знали или не хотели знать? Юрьевский Добычин отказывается исчезать в ленинградских водах после позорища и побоища, устроенного ему лучшими умами города: он прячется в пригороде. А что случилось с ленинградскими пригородами пять лет спустя после возможно смерти Добычина, очень даже известно. Так Добычин, как и значительная часть русскоязычной территории мира, оказался под немцами.

Мы не знаем этого или не хотим знать? И когда на страницах его письма появляется мой личный любимый поэт, «красавец с мужественным лицом», о судьбе которого мои друзья-знайки говорят напряженно, глухо, потому что среди слов, которые не принято произносить вслух, слова «оккупация» и «коллаборация» до сих пор занимают особенное, пикантное место. Тень подозрения в сотрудничестве пала на Андрея Егунова: но ведь тени сами по себе никуда не падают, это сильнейшие (обладающие способностью к выживанию и упрощению) устраивают свои суды. Суд над Добычиным, суд над Егуновым. Юрьев, используя придуманную им другую судьбу Добычина как батискаф, погружается на глубину, где ему удается рассмотреть неизвестное никому, кроме него, пристрастного защитника на всех этих бесстыдных в сущности судах, которые сытые, безопасные, живые люди творят над мертвыми людьми в беде.

Итак, Юрьев допускает, что Добычин не умер. Но не в смысле, что не умер тогда (когда должен был умереть), а не умер вообще, оказался не то чтобы бессмертным, а не способным к смерти, сродни вампирам и зомби. Так и пишет по сей день свое письмо Чуковскому, которому как раз умереть удалось вполне, тревожит его своими вопросами и просьбами. Когда же он уже успокоится? Не мною сформулирована мысль, что нарратив советской истории есть нарратив готический. Мы живем, под собою не чуя страны, потому что нам угрожает прошлое этой самой страны, которое мы всеми силами стараемся не знать, даже когда казалось бы не знать становится совсем сложно. До тех пор, пока мы будем закрываться, как ребенок руками, от того, чего не хотим знать, нашим любимым (писателям-) мертвецам не будет покоя, когда и если, мы захотим узнать их, можно будет работать спокойно. Мне кажется, примером такой спокойной работы является горячая и горестная новая книга Олега Юрьева.

«Я выстрел к безумью»[1]

Сюжет книги Ирины Сандомирской сродни сюжету твоего самого страшного сна, в котором вдруг обнаруживаешь негодность своего языка и отчаянно пытаешься изобрести новый, хороший язык, посредством которого ты сможешь спастись от этого ужаса, то есть от этого террора. Сила воздействия этой книги также сну подобна: читать о злоключениях языка в порочных кругах несвободы увлекательно и жутко, оторваться-вырваться невозможно.

Эпиграфом к предисловию Сандомирская делает стихотворение Геннадия Гора:

С воздушной волною в ушах,
С холодной луною в душе
Я выстрел к безумью. Я – шах
И мат себе. Я – немой. Я уже
Ничего и бегу к ничему. <...>

Присутствие Гора в этой книге в качестве эмблематической фигуры совершенно естественно – во-первых, его поэзия (так же как поэзия его единомышленников Павла Зальцмана и Дмитрия Максимова) является работой по воспроизведению того, как дистрофия влияет на язык (заметим, что все остальные образчики блокадной поэзии являют собой либо идеологически корректный «камуфляж», либо попытки лингвистического противостояния разрушению – как в случаях Натальи Крандиевской или Татьяны Гнедич, где ужас

---

[1] *Ирина Сандомирская.* Блокада в слове: Очерки критической теории и биополитики языка. М.: Новое литературное обозрение, 2013.

написан как чеканная и гармоническая акмеистическая репродукция).

Во-вторых, соотношения блокадного «эпизода» в творчестве и всей последующей творческой карьере Гора дают нам замечательно богатый материал для размышлений о возможностях лингвистической ассимиляции – поэты, которых мы теперь относим к «постобэриутам», являются последователями-наследниками трагических весельчаков из «ЧИЖа» и «ЕЖа» не только потому, что они усвоили их поэтику, но и потому, что восприняли всерьез их судьбу. В то время как Хармс пытался переиграть своих палачей, притворяясь безумцем, что привело к известным последствиям, постобэриуты поняли, что выжить в терроре можно, только изменившись всерьез: каждый из них стал успешным советским функционером от искусства, упорно скрывая свои блокадные штудии от безжалостного надзора. До конца жизни Гор так и не проговорился о своих текстах, возникших в результате столкновения с небытием и террором.

Инварианты сюжета о травме распада и подмены языка рассматриваются Сандомирской на примерах, рассчитанных на то, чтобы скандализировать читателя (то есть заполучить в ловушку, напоминает нам радующая(ся) этимологическим выручалочкам Сандомирская): что может быть общего у слепоглухонемой девочки и поэтов Ахматовой и Заболоцкого? У блокадницы Гинзбург и путешественника (хочется усмехнуться – «туриста») Беньямина? У языковеда Бахтина и языковеда Сталина? Сопоставляя, сталкивая столь несхожих протагонистов в рамках единого исследования, Сандомирская производит экспериментальное поле для наблюдения над тем, какие возвышенные надежды возлагались субъектами тоталитарной истории на язык как инструмент освобождения, защиты, врачевания и как он лукаво пленял, подводил и выдавал их. Явление отчуждения языка принимает в прочтении Сандомирской самые разнообразные формы – язык(у) изменяют, откликаясь на его измену: так Заболоцкий изменяет языку ленинградского авангарда, языку зауми с чужими для него языками (будь то язык советского классицизма или советского перевода), Ахматова становится пушкинистом, Вагинов переписывает себя из трагедии в гротеск, надеясь процессом самопародирования запутать идущую по следу пустоту. Творчество в рамках террора рассматривается Сандомирской как карнавал (так в книгу, опираясь на палочку и на кота, входит Бахтин), но освобождающий не от страха, а от себя, закабаляющий карнавал.

Сталин знал о языке немногое, но знал важное – язык выдаст.

Наиболее радикальными случаями сопротивления утрате языка посредством измены языку и изменения языка являются ситуации беспомощной слепоглухонемой девочки и аналитически всемогущей блокадной писательницы – и в случае Оли Скороходовой, и в случае Лидии Гинзбург производитель языка сталкивается с ситуацией абсолютного зияния, оказавшегося на месте личности знавшей и говорившей. Место языка занимают тишина и безмолвие. Как мир слепоглухонемой, так и мир дистрофика невыразим, повернут исключительно внутрь себя, замкнут, как выморочная темная квартира зимой 1941 года. Этот мир нельзя объяснить, нельзя описать, но его можно заполнить дисциплинированными словами. Как мы помним, Лидия Гинзбург выжила в блокаду благодаря работе на ленинградском радио (там она писала тексты о мореплавателях и прочих героях). Радио заполняло чудовищные жилища блокадников языком социальной нормы, не имеющей ничего общего с блокадной реальностью, но призванной создать для субъекта этой реальности, для блокадника классицистический поведенческий и лингвистический образец – радио говорило за блокадника, так как тот по причине дистрофического разложения говорить за себя и о себе уже не мог. Находясь в центре производства образцовой блокадной речи, Гинзбург имела возможность анализировать механизмы этого производства – главным занимающим ее вопросом является то, как дистрофик учится говорить заново, как он избывает травму и забывает ее, как он заново вписывает-вговаривает себя в социум.

По сравнению с этой ситуацией тотального разрушения случаи Заболоцкого и Ахматовой более прихотливы – перед нами не столько способ вырваться из языковой невозможности, сколько поиск иной возможности, то есть компромисса. Оба поэта (кстати, друг друга едва переносившие) пережили огромные творческие лакуны, периоды безмолвия, вызванные, насколько мы можем судить, главным образом столкновением с государственной машиной, опустошившей их жизни и выдавившей творческие судьбы на обочину, в тень литпроцесса. После многих лет преследований (Заболоцкий оказался в лагере, Ахматова – под надзором в Фонтанном доме и в Ташкенте) они пытаются вернуться к себе (примечательно, что освобождению Заболоцкого способствуют именно его переводческие успехи).

Оба, будучи литературными существами лирического (то есть нарциссического) устройства, оказываются вынуждены искать способов иносказания: оба ищут способа рассказать о пережитом ими аде молчания и несвободы, не выдавая при этом себя – себя прежних, позволивших себя изолировать, сделать слабыми.

Ахматова пишет Пушкина как автора, постоянно путающего свои следы, – перед нами уже не столько филология, сколько мифология, а вернее, дидактика: поэту именно надлежит путать свои следы, сжигать черновики и письма, выставлять лжецами возможных свидетелей – если ты сам не создашь историю литературы, ее создадут за тебя – и, подозревает небезосновательно Ахматова, образчиком жанра станут донос и приговор.

Эта книга густонаселена: здесь тычутся в ставшее чужим пространство Бахтин (в Саранске), Вагинов (в Ленинграде) и Беньямин (в Москве), здесь уже в конце своего насыщенного творческого пути Сталин мечтает о создании прозрачного языка, в котором вся и всех было бы видно – как в идеальной тюрьме Паноптикон, придуманной гуманистом и мечтателем Бэнтамом. Обращение Сталина к вопросам языковедения на закате его творческого пути, его помыслы о возникновении всеобщего языка выступают в конструкции Сандомирской чем-то вроде коды, так в сказке «Рукавичка» мычащее чудовище своей идеей обобщить и потесниться вытряхивает размечтавшихся зверков из их укрытий. Если следовать анализу Сандомирской, Сталин знал о языке немногое, но знал важное – язык выдаст.

Эта книга могла бы вместить, как ковчег, и большее число протагонистов – представляется, что поиски способа извернуться, извернуть и извергнуть свой язык Шкловского и Платонова имеют прямое отношение к парадигмам, наблюдаемым Сандомирской. Как было отмечено в начале, это страшная книга (чего стоят хотя бы подслушанные Гинзбург разговоры блокадных модниц – вот уж тема, поджидающая исследователя), но при этом и завораживающая результатами наблюдений – измена языку порождает чудовищ прихотливых, мощных, пленительных. Позднюю, «упрощенную» поэзию Заболоцкого, как и позднее, «затемненное» письмо Ахматовой, можно рассматривать как системы жестов, аналогичных знаменитому девизу Шкловского «я поднимаю руки и сдаюсь», но при этом отказе от своего «оригинального», начального творческого естества авторы в поисках власти и свободы умели совершать разительные открытия – о чем и речь[1].

---

[1] Опубликовано на сайте colta.ru 2 апреля 2013 года.

Прогулка в одиночестве[1]

Место красит человека. Например, город Вильнюс, где родилась Анна Гальберштадт, окрашивает своих жителей в строгие, сильные цвета меланхолии и иронии. Стихи, ожидающие читателя этой книги, поразили меня своей новизной и смелостью: они не боятся своей бедности, своей простоты. Так просты дождь, камень, выступающая по воде птица. По-русски так писать сложно и не принято. В этом-то и загвоздка этих стихов. Выполненные по-русски, они связаны с традициями иных наречий, мест, привычек. Это стихи языкового и культурного остранения: с самого начала русский язык был для Анны одним из, языки вокруг нее сосуществовали (литовский, польский, идиш, школьный английский): при этом каждый открывал иные возможности, новые свойства угадывания себя.

Путь поэта лег через город Москву, затем завел в Нью-Йорк. Важно, что перед нами стихи путешественника. Города Гальберштадт сменяются как слайды, вспыхивают, привлекая и озадачивая новыми, непонятными формами жизни.

Я вечный жид,
а точнее, я – Русская Американская Литовская еврейка.
Теперь я забываю слова не на одном, а на трех языках.

Еще одно редкое, важное качество этих стихов: их спокойствие. Наверное, для меня это главный урок этих стихов: лирическая героиня имеет силу относиться спокойно к себе, своему опыту, своим утратам и радостям. Для русской модернистской поэзии такая интонация – редкость, наибольшие удачи этой традиции связаны либо со взлетами

---

[1] *Анна Гальберштадт*. Transit. М.: Вест-Консалтинг, 2016.

поэтической жалости к себе (скажем, Маяковский, Цветаева, Бродский, Шварц) либо с категорическим вычеркиванием лирического героя из уравнения вообще (скажем, ОБЭРИУ). Гальберштадт предлагает иной вариант: здесь явления жизни и явления бытия рассматриваются сочувственно, но не сентиментально. Поэт рассматривает местности, людей, себя с любопытством, с вниманием. Пожалуй, главный орган чувств здесь – зрение:

Ляг на спину
вдохни поглубже
смотри на птиц
мигрирующих на юг
расслабься
наблюдай как серафимы
в канделябрах
свечи зажигают по одной
в огромном замке
смеркающихся небес.

А главная эмоция здесь – уважение. Еще один термин, во многом чуждый эмоциональному словарю русской поэзии, но центральный для отношений западных (как бытовых, так и литературных), где все определяется чувством дистанции.

На расстоянии этими стихами видится насыщенный мир впечатлений и отношений, изучается и переносится в corpus, который я бы назвала не дневником, но именно записной книжкой путешественника. Целью здесь является не забыть ничего из увиденного, не забыть себя, каким ты стал во власти этих наблюдений[1].

---

[1] Опубликовано в сетевом издании «Мегалит». https://www.promegalit.ru/publics.php?id=16728

Стон и стиль Лаокоона[1]

Поэзия Ирины Машинской есть, в первую очередь, поэзия взгляда. Взгляд этот честен – каким бы странным, поношенным и отслужившим ни казалось это понятие. Взгляд этот пристален: и в этом его сила, его невыносимость. Людям вообще свойственно отводить глаза, отвлекаясь или смущаясь, – не Машинской. На каждый избранный ею предмет, будь то разлука, зимнее небо, стихотворение, смена среды обитания – она смотрит, пока не проявятся все черты, мельчайшие детали события либо ощущения. В этой поэзии есть верность и мужество и последовательность и терпение: не отводить глаз, пока все страсти и тайная природа не поддадутся описанию. Следуя за ней, читатель учится замечать – блестки, крапинки, пыль, пыльцу, слякоть, время: всё самое важное и самое невидимое. Она возвращает наблюдаемому миру его сложность, что кажется одной из самоочевидных, первейших задач поэзии.

Всё, что она разглядывает, одновременно полно красоты и ужаса. Но всегда в разных сочетаниях и пропорциях. Таким образом, поэзия Машинской – справедлива. Об ужасе она говорит – в тебе есть красота и смысл. О красоте – в тебе таятся отвращение, отчуждение и отсутствие смысла. В одном из наиболее изощрённых и отчаянно-точных высказываний о границах, отделяющих возможности живописи от возможностей поэзии, в «Лаокооне», Лессинг замечает, что главной задачей при изображении человеческой боли должна быть забота о красоте – именно она, в итоге, способна вызывать сострадание. Красота в изображении защищает наблюдающего или читающего от боли мира. Это не значит, что боль должна быть приукрашена камуфляжно, но

[1] Офелия и мастерок. New York: Ailuros Publishing, 2013.

значит, что красота должна быть обнаружена в ней, внутри. Именно это привлекает меня в философии Машинской – способность отдавать должное тому факту, что «Радость-Страданье одно», как заметил еще один сострадатель и остроумец. Каждое стихотворение здесь – отчаянное усилие поиска: поэтому меня так радуют эти, казалось бы, безвидные местности, приглушённые тона, снежные, дождливые и туманные пейзажи – как иногда кажется, пейзажи снов. Гибнущий, наблюдающий и отражающий, как зеркало, гибель близких, Лаокоон не кричит, не содрогается – он тихонечко стонет, как подмечает, аплодируя, умилённый Лессинг. Из деликатности, мудрости, приятия тайны и смысла создания, чаще всего нам совершенно не понятного. Есть такое умение (обратное нарциссистическому упражнению «во весь голос») – говорить очень тихо, именно этим заставляя всех к се-бе прислушиваться.

Мир поэта вне своего языка, то есть вне себя – мир всегда отчасти мучительный. Говорить об особых чертах поэзии, написанной в отъезде, в побеге, в отбытии – всегда грешить обобщением. Особенно в современном мире и в современном Нью-Йорке, где явление чужестранчества – норма. Ты всегда не дома, а значит, дома – везде: и в зимнем небе, и в июльском поле, и в метро, и в классе, и в больнице. Просто в зависимости от того, где ты находишься в данный момент, ты меняешь форму, голос, температуру крови.

Формально эта поэзия крайне разнообразна: оболочка служит задаче, заряду. Легчайшие, виртуозные, кружевные восьмистишия сосуществуют с минималистическими высказываниями (рассыпались шарики ртути), почти лишёнными формы, шума и шелухи слов. Так же и рифма, острая, тактичная и подвижная, здесь обслуживает смысл, задачу высказывания: то прячась, то растворяясь, то защищая, то замедляя движение мысли. Рифма Машинской тактична – и отсюда её власть над материей этих звуков: «ты, рифма бедная, любой дороже и лихой, и небывалой». Технический аппарат здесь виртуозен и крайне любопытен, если размышлять о том, как нахождение Машинской в чужеродной языковой среде и её занятия переводом повлияли на ткань её русского стиха. Постоянные переговоры с чужим языком и его поэтической традицией и особенностями здесь ведут к естественным и продуктивным компромиссам – звуковая природа стиха из жёсткого закона превращена в постоянно меняющееся, прихотливое оформление сцены, в прихоть, в то, что надо уметь и хотеть чувствовать. Звук в этом стихе разлит и растерян и припрятан и неожидан и насмешлив. Поскольку речь идёт о совершенно взрослой поэзии, находящейся прежде всего в отношениях с самой собой, разговор о влияниях уже вряд ли уместен. Да, в русской поэзии прошлого века были авторы, например, Мария Петровых или/и Наталья Горбаневская, которым удавалось гармонично совмещать лёгкость формы с последней прямотой содержания. Но, как мне кажется, это уже давно не вопрос влияния для Машинской, но вопрос отождествления и диалога. Для меня поэзия Машинской это урок – урок приятия и включения и совмещения, казалось бы, несовместимых, далековатых явлений бытия и языка. Ноев ковчег и благая весть.

интервью

Полина Барскова: от бродскизма к работорговле[1]

– Как Вы вообще относитесь к литературным конкурсам в Интернете? В позапрошлом году Вы выиграли «Тенета», в прошлом – стали призером «Улова». Понятно, что конкурсы это разные, любопытствовали ли Вы, в чем их отличие или это Вам неинтересно?

– Так получилось, что об обоих конкурсах, так же, как и о своих победах, я узнала задним числом. По причине общей занятости, рассеянности, а также лени я не вполне вникла в суть происходящего. Наверное, за этим стоит мое общее отношение к подобного рода мероприятиям. К сожалению, мой опыт показывает, что, как это ни странно, внешнее мнение о чьем-либо творчестве редко отражается на самом творчестве глубинным образом. Когда хвалят – приятно, а когда бранят, то потом два дня чувствуешь себя не в духе. Только вот никаких «продуктивных выводов» я из чужих суждений сделать не могу. В случае Тенет я была приятно удивлена тем, что мое стихотворение выделили столь уважаемые мною люди, как, например, Генрих Сапгир или Михаил Эпштейн. Это никак не меняет того факта, что само стихотворение, победившее на этом конкурсе, давно перестало меня интересовать.

О своих отношениях с Интернетом не могу сказать ничего примечательного за их ничтожностью. Впрочем, не могу не заметить, что какое-то влияние он на меня оказывает.

[1] Интервью дано Игорю Петрову для сетевого издания «Вечерний гондольер», рубрика «Короли и капуста», № 23 от 18.04.01. http://gondolier.ru/023/23lab.html

Так, например, второй стих «Из переписки с друзьями» был в какой-то степени вдохновлен именно посещением «чат-рума», где обсуждалась моя не вполне скромная персона. Тогда я решила для себя, что если амикошонство, праздность, безграмотность, отсутствие вкуса и элементарного воспитания являются отличительными признаками этого жанра, то я вряд ли обедняю себя, не знакомясь с ним поближе.

– *Что ж, рунетовская тусовка отвечает Вам обвинениями в бродскизме и книжности (хотя, мне кажется, речь больше идет о Вашей знаковости как автора, в связи с конкурсными победами). Не возникало желания (особенно теперь, после публикации стихов в «Стерне», а не на закрытом «Вавилоне»), поспорить, что-то доказать (если счесть в первом приближении, что анонимное хамство отсутствует, т.е. вежливый спор с конкретными людьми по поводу конкретной критики)?*

– Мне совершенно невозможно представить мое участие в дискуссиях по поводу собственных стихов. Ситуация напоминает вызов родителей в школу. Хотя моих им дозваться так и не удалось, я представляю себе нормальную реакцию обвиняемого родителя как жалкое мычание и попытки рассказать, что ребенок страдал в детстве кошмарами и мочился в постель, а посему его следует пожалеть. Стихи написаны, они даже опубликованы – больше я ничем не могу им помочь. Каким образом я являюсь знаковой фигурой на Интернете из-за своих побед, если я непричастна лично ни к одному из этих конкурсов?! Я все узнаю а'прес. Недавно вот мне сообщили, что я живу в Праге...Хорошо бы, но живу я в Окленде, нищем пригороде Беркли, где раздолье таким же беглецам неизвестно от чего, как я. Живу себе тут, а мои стихи куда-то там пробираются и что-то там делают, во что-то там играют. Пусть их...

– *Кстати, а кайф от новонаписанного стишка всегда бывает? Возвращаетесь ли Вы к разонравившемся Вам строчкам для переделки (к примеру, при составлении книги)?*

– Мой способ писать несколько изменился за последние 17 лет. Теперь я обычно пишу одно стихотворение в несколько приемов, создать все в один присест – силы не те. Я столько выкуриваю сигарет и довожу себя до такого состояния расчлененности, что обычно потом часами лежу без сил. Удовольствие от только что завершенного бывает далеко не всегда. Однако иногда бывает. Я все чаще вношу косметическую правку, раньше этого вообще никогда не делала. Бывает, уже потом появляются названия и эпиграфы. Но вообще для меня характерно желание уходить, не оглядываясь. Спустя годы интересно перечитывать, но полное ощущение, что это не ты написала. К той себе нет пути, а значит не может быть и разговора о последующем серьёзном вмешательстве в те прошлые состояния.

– *А хочется ли написать что-нибудь этакое главное (роман в стихах? поэму про все? или простое стихотворчество для Вас самодостаточно? Ваше программное стихотворение (несколько?) на сегодня?*

– В январе я написала нечто забавное под названием «Она никогда не придет с мороза». Такая поэма без формальных признаков поэзии. Как «Мертвые Души». Шутка. Поскольку я всю свою жизнь очень серьезно выступала за прелести рифмы и ритма – да я и сейчас не отказываюсь – этот опыт меня крайне развлек. А вообше не нужно мне ничего главного; день за днём, стих за стихом. Мне кажется, все происходит правильно и меняется незаметно. Программные стихи? Трудно. Как ни странно, на данный момент, циклы «Пьета» и «Пантеон» как-то мне объясняют разные стороны меня. Но завтра мне покажется иначе, я уверена.

– *Кстати, симпатичный цикл «Пантеон» завершен или есть не вошедшие в книгу стихи? Как он придумался? Велики ли связи с реальностью?*

– Будет ли он продолжен? Не знаю. Как мне знать, что я захочу написать завтра? Хотя мне этот цикл стоил недешево. Все сразу занялись биографическими изысканиями, стали друг на друга показывать пальцами, подозревать недоброе. Все три текста начались с какого-то краткого конкретного воспоминания о конкретном человеке, но потом странно разрослись, вобрав в себя десятки лиц, ощущений, ситуаций. Если мне еще раз придется кому-нибудь высказать глубокую мысль, что Тептелкин у Вагинова – это не только и не столько и вообще не Пумпянский, а поэт Плюшкин у меня это не… NN, я, кажется, немного выйду из себя.

– Интересно, после раннего признания, да еще такого, с изданной в 17 лет книгой вполне зрелых стихотворений, тяжело ли было потом? Ведь после первого дебютного успеха от автора начинают ждать все большего прямо пропорционально его взрослению. Какие-то нотки проскальзывают во второй части «Из переписки с друзьями», или это я неоправданно совмещаю лирического героя с автором?

– В каком-то смысле поэт навсегда остается вундеркиндом. То есть обе части этого слова, и «чудо» и «ребенок», составляют важную часть профессии. Хотя по мнению бесконечно мне симпатичного Ролана Барта гений, ребенок и поэт – сублимированные персонажи мифа о безответственности. Вообще в его эссе «Литература и Мину Друэ» сказано много толкового о том, почему взрослые так носятся с отроковыми авторами. Здесь всегда гораздо больше манипуляции, чем здорового и трезвого внимания. В тот день, когда меня перестанут считать «молодым автором», я разопью с друзьями бутылку яблочного сидра. Правда, у меня не так много шансов дожить до этого дня. От навязанной тебе маски избавиться непросто. Здесь приходит на память столь милый мне автор «Монте-Кристо».

В моем писательстве были кризисы, но не связанные ни с возрастом, ни с ожиданиями окружающих. Просто иногда я не могла писать. Или не могла писать так, как хотела бы. Потом машинка опять приходила в годность, к моему известному удивлению. По поводу моей молодости мне, наверное, было бы что сказать, если бы об этом имело смысл говорить. Все-таки имеет смысл помнить, сколько лет было Рембо или тому же Лермонтову в финале их литературной деятельности. Я пишу стихи очень давно, лет шестнадцать. Это достаточный срок, чтобы научиться тому, чему можно научиться и не пытаться научиться остальному. Поэтому для себя я окончательно понимаю, что поэт я совсем не молодой, а просто достаточно трудоспособный, несмотря на естественную усталость.

– Кстати, вообще, такой perpetuum mobile поэтических семинаров, как публичное чтение с публичной поркой, оно помогло Вашему становлению как автора?

– В своей жизни я повидала множество семинаров. Полезными были только встречи (ни в коем случае не занятия) с В.А. Лейкиным и его студийцами, на которых я присутствовала с 8 до 17 лет. Но там не было никаких обсуждений, никакой критики… Лейкин написал об этом опыте прелюбопытную книгу, с которой можно ознакомиться на сети. Дети и отроки приходили, чтобы читать друг другу и слушать друг друга. Всё. А последующие опыты со всеми попытками разборов и критики показались мне просто нелепыми. Ну что это такое: «Рифма неудачная, образ неряшливый». Все это, как говорил князь Мышкин об атеизме, не о том. Так что я там просто хорошо проводила время – разглядывала метров (для позднейшего надругательства в каком-нибудь «Пантеоне», заводила поклонников, самоутверждалась. Литературный труд все-таки происходит на слабо освещенной кухне, а не в публичных местах, мне кажется. Другое дело – потребность отстранять от себя написанное. Тут уж всем пользуешься – и семинарами, и поэтическими чтениями, и публикациями. Но это все как-то очень вторично.

– *Кто для Вас Иосиф Бродский. Гений? Кумир? Учитель?*

– Иосиф Бродский для меня не кумир и не учитель. Скорее то, чем он сам, пожалуй, хотел быть: языковая среда. Так сложилось, что где-то с 11 до 15 лет, то есть в пору закостевания моей литературной персоны, я ничего, кроме Бродского, не читала. Можно себе представить такие же отношения с Библией или у античных школьников – с Гомером. Гомер был не только абсолютным образцом для подражания, но и буквально букварем, основой основ. Интересно, что уже в течение продолжительного времени у меня нет потребности перечитывать этого поэта. Полагаю, что он вошел в состав моей крови. Именно этим и объясняется столь болезненная реакция на его смерть, проявлением которой стала, в том числе, моя элегия. Для меня тогда умер не поэт, а весь мой мир, в котором мне было все уютно и легко, который воспитал меня и по правилам которого я обустроила все в своей мастерской.

– *Однако же главный упрек, или если хотите обвинение, и первая реакция интернет-сообщества на Ваши стихи – бродскизм, несамостоятельность. Ваше отношение к этому?*

– Мне нравится сама идея «обвинения». Этот дискурс бессмертен, пока существует русский язык. А как насчет обвинений в пушкинизме, фетизме (хорошее слово...), кузминизме? Еще не поступало? Русская поэзия благодаря Бродскому сохранила свое злое волшебство, свой неотразимый и невыносимый голос. А кому бы вы (вы – критики и авторы) хотели наследовать – Евтушенко, Кушнеру, Пригову (это случаи другого порядка, но с наследством тут лажа, я боюсь)?

Говорить на языке Бродского сейчас – значит говорить на языке русской поэзии. А что бы мы хотели: встали, поклонились, пошли? 50 лет Россия ненавидела Пушкина за то, что теперь «что ни напишешь – всё Пушкин». Пушкина ненавидела, Бенедиктова желала. ИТАК: мне лестно подобное «обвинение», если бы не было Бродского, я бы не испытала того огромного счастья, которое мне доставляют его стихи, его проза, его фотографии, сплетни о нем, бездарные мемуары о нем и так далее. То, что этот человек жил и работал и все это стало достоянием общественности – просто источник моего удовольствия, как природа, как духи, как кино, как сон.

– *Есть ли для Вас в поэзии запретные темы, запрещенные приемы?*

– Нет ничего общего, на что я могла бы указать пальцем и сказать: «Вот запрещенный прием!» В случае поэзии вообще рискуешь попасть пальцем в небо. Говорить можно о конкретных вещах. У каждого стихотворения свои законы. И когда они нарушаются, рвется ткань, потому что, как мы знаем, слово «текст» и значит «ткань». И очень тонкая. Так, любимый мною Константин Вагинов пользовался как философским камнем тошнотворными романтическими клише. Бродский – матом. Ахматова – перчатками и какаду. Без этого нет их совершенно уникальной поэтики. Если ты можешь ввести в область словесности сортир и будуар (я уже не говорю о молельне) – вперед! Если подобные экзерсисы неоправданны, происходит катастрофа. Ткань рвется и в дыры безжалостно зияет нагота, которая сама по себе малопривлекательна. Мы все-таки не фотомодели.

– *Вы упомянули Бродского, пользующегося матом. Но если для него это все-таки именно прием, и нечастый, то для мно-*

гих авторов это просто-таки наполнитель, инструмент. От-
носитесь ли Вы к таким текстам равно, как и к прочим, или
какое-то эстетическое отторжение имеет место?

– Для меня разные регистры языка отличаются друг от
друга так же, как цвета. Черный не хуже и не лучше фиоле-
тового. Хотя я лично предпочитаю «Черному квадрату» Эль
Греко и Кокошку. Если ты знаешь, что для твоих целей тебе
нужна эта краска – мат, это твое право и, соответственно, твоя
ответственность. Мне нравится соединять регистры, смотреть, что получится из сочетания, например, обсценной
лексики и некоей темы, которая так сложна и тонка, что другие регистры с ней не справляются. В конце концов, в жизненных ситуациях – крайней боли, наслаждения, горя – мы
часто именно здесь находим лингвистическое спасение. По
крайней мере, я нахожу. Материться в стихах ради пощечи-
ны общественному вкусу – дело неблагодарное нынче. Об-
щественный вкус перенесет не только пощечину, но и сер-
ную кислоту. Эпатаж сам по себе пресен, по-моему. Будучи
пристальной читательницей Лимонова, Бродского, Алеш-
ковского, Довлатова, Миллера etc., я пытаюсь оправдывать
цель, не слишком простодушно выбирая средства.

– Насколько широко Вы готовы раздвинуть рамки дозво-
ленного на линейке автор – лирический герой. Т.е. считаете
ли Вы этическим (или, возможно, эстетическим) правом ав-
тора, к примеру, пропаганду фашизма из уст лир. героя (как
пример, можно рассматривать Могутина, т.е. случай, когда
зазор между автором и лир. героем минимальный).

– Наверное, это одна из самых сложных проблем в профессии ловца душ человеческих. То есть, на первый взгляд
для меня все просто. Являясь противником любой формы
государственности, я не приемлю никакие формы коллективных иллюзий. Меня невозможно было в детстве заставить одеться утром, чтобы идти в школу, поэтому мысль о
тех, кому пришлось раздеться, чтобы войти во вшедавилку
или газовую камеру, вызывают у меня самые примитивные
реакции. Животный страх, человеческий стыд. Эти видения
для меня грубо зачеркивают эстетику белокурой бестии. То
есть когда у меня с одной стороны беззубый Мандельштам

и, скажем, мой папа, приставленный сторожить от ворон замерзший урожай свеклы в 43-м, а с другой стороны божественная Лени Р. и ослепительная Любовь О., то я как-то мысленно сосредотачиваюсь на воронах и Мандельштаме. Ну, это совсем очевидно... С другой стороны, фашизм и всякое такое это всего лишь синонимы зла. А мы из зла, я полагаю, состоим на такой же большой процент, как и из воды. Не декларировать это явление – наше зло – не увлекаться им, не быть в него вовлеченным трудно. Невозможно. Если весь человек придуман про насилие и власть, в этом следует по крайней мере себе признаться.

Но, пожалуй, хороша последовательность. Скажем, такое «литературное явление», как Могутин (которое для меня ограничивается очень крепкими мускулами живота, очень плоским лицом и совсем уж никудышными текстами) было бы гораздо интереснее в более сложной композиции... Я имею в виду, что было бы хорошо, если бы все эти модные дети, играющие «Гибель Богов», одновременно играли в то, как они пытают, как их пытают... Хотя зачем же такие крайности – мне, для того, чтобы понять, что я такое по сравнению с государственной величественной машиной, хватило одного микроскопического инцидента – всю мою браваду навсегда рукой сняло. Я впала в позорную истерику, стоило меня только легонечко поприжать... Просто они – мы – непуганое поколение, нестреляное, недоносившее – вот и получается детский сад. Ни с каким искусством эта возня сейчас в российском контексте не связана. Чтобы все это стало сложным этическим вопросом, нужны случаи Стравинского, Паунда, Гамсуна, Д'Аннунцио, Мережковских... Появятся новые случаи этого порядка – будем разговаривать.

– *Для Вас отъезд был сознательным выбором или следованием сложившимся обстоятельствам? Насколько Вам вообще эта тема интересна? Считаете ли Вы обширную эмигрантско-ностальгическую литературу имеющей право на или напротив, следующей эрзац-чувствам в отсутствие настоящих.*

– В моем случае отъезд был решением самым незамысловатым. Я стремилась быть с человеком, который по ряду причин жил не в России. Дома меня ничто не удерживало, скорее – наоборот. Так что ни о какой концепции, эмиграции, ностальгии я не задумывалась. Приехав в Америку, я достаточно быстро оценила возможности, которые мне могла предоставить эта страна. То есть не вся Америка, а городок Беркли, что находится рядом с Сан-Франциско. Мне понравился хороший кофе, постоянное цветение, возможность учиться тому, что меня остро занимает, зарабатывать деньги, которые можно тратить на удовольствия для себя и своих близких, отсутствие непонятно чего от тебя требующей среды и традиции. Мне нужно было начать себя заново, и в какой-то мере, полагаю, мне это удалось. Я работала официанткой в карибском ресторане, где хозяин-итальянец в подпитии читал мне Рильке на языке оригинала, а повар-монгол потакал моим пантагрюэлевским замашкам. Я ухаживаю за инвалидами, которые оказались полноценнее большинства прямоходящих, с которыми я сталкивалась когда-либо. Я изучаю теорию литературы и кино, французский и древнеславянский, шляюсь по «блошиному рынку», езжу к океану, пишу русские стихи, общаюсь с милыми мне людьми. Если все это называется Америкой, то вряд ли Америка – географическая категория. Разумеется, жизнь моя далеко не безоблачна, но облачность, в основном, сконцентрирована внутри меня, а снаружи – магнолии и колибри круглый год... Такое чувство, что грехопадение произошло, а из Рая не выгнали. В общем, декорации мне по душе.

Эмигрантско-ностальгическая литература оправданна настолько же, насколько, скажем, биологическая, порнографическая или какая угодно другая. Совершенно неважно, какой сентимент побуждает нас писать: любовь к части суши или ко времени суток. Важно и интересно только преломление этого сентимента в произведении.

– *Чувствуете ли соприкосновения с американской «масс-культурой»? Кино? ТВ? Понравившийся Вам американский фильм последнего времени? Любимая телепередача? Национальная кухня? Блюдо? Каковы Ваши интересы вне литературы и бесед о ней?*

– Я стараюсь избегать контактов с американской масс-культурой, хотя иногда и безуспешно. Вообще с трудом представляю свое столкновение с массой, так как на демонстрации хожу редко. Разве на осенний карнавал в Сан-Франциско. Телевидение не смотрю. А кино смотрю постоянно. И считаю его одним из главных наслаждений, дарованных мне. Вот уже много лет пытаюсь думать о Пазолини, Бергмане, Феллини, Параджанове, Авербахе, Чаплине, Луи Мале и немногих других. Хотелось бы серьезно заняться теорией кино, что в Беркли достаточно просто.

О еде могу говорить бесконечно. Потому как чревоугодие – это второй мой... грех. После гордыни. На данный момент предпочитаю французскую и таиландскую кухню. А еще то, что готовят мои мама и подруга Нинка. А еще я люблю черешню.

Кроме литературы и разговоров о ней, меня занимает практически все. Потому что это «все» и есть литература. Вот сейчас, например, я занялась керамикой, то есть научилась лепить горшочки. Ощущение под руками теплой глины успокаивает меня, в то время как писание стихов совершенно изводит. Сравнить с гончарным кругом по утешительности воздействия я могу только океан, который считаю самым подходящим фоном для своей жизнедеятельности.

– Чуть подробнее о кино. Любимые фильмы, режиссеры, актеры?

– Я все еще решаю для себя, официализировать ли мне чувства, которые я к этому делу испытываю. Похоже на то, что мое аспирантское образование будет непосредственно связано с теорией фильма. Хотя иногда я испытываю болезненное любопытство и к практике, мне очень бы хотелось написать сценарий. Но я просто еще не чувствую себя готовой. А так я просто бесконечно люблю кино. Боюсь, что почти любое. То есть я люблю его такой настоящей достоевской любовью – со всеми пороками и уродствами, то есть, в основном, – с ними и за них. Где-то в центре этих отношении находятся Пазолини, Эйзенштейн, Ренуар, Ланг, Куросава, но есть и другие плоскости. Есть бесконечный роман с советским кино – от Авербаха и Германа и Муратовой до Гайдая и Котеночкина. Есть необходимость в очень плохом кино – в этом смысле Америка самое подходящее место. Есть какие-то очень личные отношения с персонами кино – оно ведь должно вызывать желание по закону жанра... Вот и вызывает: от обязательных Айронса и Малковича до... Нет, это уж совсем интимный уровень, пожалуй. А серьезно, главное для меня противостоящая пара – Висконти/Пазолини. Хотя есть еще «Профессия – репортер», «Керель из Бреста», «Дети Райка», «Цветок граната»... и так я буду перечислять, пока мы все не заснем. Зато я ничего не знаю о музыке – и утомить никого не могу!

– А любопытно, физиологизм (эмоционально замкнутый на плюсовой полюс восприятия читателя) многих стихов в «Эвридее и Орфике» – повод, прием, ткань, вызов или нечто иное?

– Я уже говорила, что занимаюсь керамикой – мечта детства, знаете ли. Когда я вошла в студию – а вошла я туда с целью развлечься от привычки вербализировать – со мной случился культурный шок. 10 невинных на вид студенток готовили глину к работе на кругу, придавая ей для этого недвусмысленно фаллическую форму, а потом эту форму любовно совершенствуя. Постепенно и у меня это стало получаться, и этот процесс вызвал-таки во мне разные мысли. Мой мир – мир ощущений. Я соприкасаюсь с реальностью, пробуя, нюхая и трогая. Инструменты стихотворства – холодная бумага, унылая ручка – лишают нас непосредственной радости осязания. Это тебе не глина. Вот и привношу по мере сил инструментарии остальных муз. А также, их возможности. Что такое физиология в моих стихах? Описания занятий любовью? Слова гниения, испражнений, физического страдания? На мои взгляд в русской литературе – не считая фольклора – всему вышеназванному еще нет адекватного выражения. При этом, я не знаю, как современного читателя, а меня жизнь моего тела крайне занимает. Когда я ухаживаю за своей лучшей американской подругой-инвалидом или провожу неневинные досуги, я не могу не пытаться описать это. Эти попытки проникают в стихи, все туда проникает, стихи – это губка. Если когда-нибудь мне покажется, что я нашла способ выразить словами то, как на меня смотрит любимый человек в ту минуту, когда он – уже или еще – лишен дара речи, я уеду в Африку торговать рабами. Но пока рабы, к сожалению, в безопасности.

– *Ваше определение поэзии. Где проходит граница между поэзией и не-поэзией, поэзией и прозой: на бумаге, в учебнике, в голове автора.*

– Конечно, никакого определения поэзии у меня нет, а ощущение вроде бы есть. Хотя вот недавно наткнулась на такую мысль в работе своего ослепительно талантливого и невыносимо юного берклийского коллеги Бориса Маслова: «Стиховое слово погружено в звучащее пространство». Вот есть это пространство – есть и поэзия. Это просто на самом деле, это, как любовь, я извиняюсь. Все ищешь ей определений, объяснений, а когда она с тобой происходит – все сразу понятно. Читаю вот на днях Анненского – стеклянные слова, цветочные слова, искусственные слова, а внутри становится пусто и холодно. Поэзия, стало быть. И никакой семантически значимой границы между прозой и поэзией, наверное, нет. Пожалуй, поэзия действует более непосредственно на нашу нервную систему, подчас обращаясь скорее к спинному мозгу, что ли... Я лет десять смутно интересовалась, «про что» там у Бродского написано, хотя «что» и «как» написано было для меня жизненно важно. Так же я недавно расстроилась, поняв, что «Свеча горела» со всеми этими скрещениями просто описывает альковную ситуацию. Поэзия, на самом деле, вообще ничего не описывает, она называет. Она вызывает нас самих из первобытного бессознательного мрака. Но это я начинаю говорить красиво, а этим поэзия тоже не занимается. Она, в идеале, говорит безжалостно-точно. И вот это качество, которое сопровождает хор звучащего пространства и есть единственно мне доступное понимание моего ремесла.

Из цикла «Пантеон». **Поэт Хлопушкин**

Я помню, как вошла, а он сидел в кровати,
Обрюзгший, страшный (господи, сотри!
Сии воспоминания некстати,
Пиши о том, чумичка, что внутри).

Я помню, как его гремел портовый голос,
Он был бы певчим, если б не жидом,

Как, словно в Дельфах, истина боролась
С его изъетым пустословьем ртом.

Бог суеты, аляповатый будда
Китайских лавок, чудо распродаж,
А вслушаешься – может быть... как будто...
Да нет... Не может, ловкость рук, мираж.

Не может быть, чтоб этот клоун беглый,
Чтоб этот отставной пантагрюэль,
Понуро-бурый над бумагой белой,
Превозмогая тертьесортный хмель,

Увидел мир, как мышь кошачью морду,
В последнем, подмерзающем поту,
И подмигнул ему, как Фауст черту,
Когда разит палёным за версту.

Уже вполне поняв, что карта бита,
Его марьяж, что мертвому грильяж,
Он всё хрипит: «Лигейя, Серафита»,
И строки тлеют от перепродаж.

Но что-то в них (допустим, запятая)
Не поддается тлению, и вот,
В ночной эфир помехою влетая,
Шепнет ему: «Ты вечен, мой урод...»

Какая разница
в нашей профессии –
живы или умерли?[1]

– Расскажите, чем вы сейчас занимаетесь?

– Я тут три дня назад, лежа на диване у своей любимой подруги, обнаружила рецензию на вышедший давно и каким-то упоительным тиражом (типа сто семьдесят шесть экземпляров) том маргиналий, дневниковых записей и писем [Виктора] Мануйлова. Большая часть его жизни была проведена в несколько неожиданных для него местах. Так вот, он говорит: когда в твоей жизни наступает момент, когда тебе кажется, что больше никаких моментов не будет, – придумай для себя новую жизнь, придумай для себя дело и стань им. Это звучит все ужасно сакраментально, но меня это как-то нашло, потому что отчасти именно это случилось с моей жизнью. Я написала в Беркли диссертацию о Питере двадцатых – начала тридцатых, в котором главным персонажем – то показывающимся, то прятавшимся – был Вагинов, успевший, как мы помним, умереть в тридцать четвертом. А потом, как-то разглядывая людей – может быть, не все они были с ним знакомы, но одного с ним качества, я поняла, что очень многие из них дожили до сороковых и исчезли в сорок втором. И вот это движение от, скажем, юденичевской блокады до второго события с таким же названием почему-то стало меня увлекать, и, в общем, последние года четыре своей жизни я занимаюсь блокадным исходом питерской ин-

[1] Интервью дано Варваре Бабицкой для сетевого издания OpenSpace 06.11.2009.
http://os.colta.ru/literature/events/details/13487/

теллигенции. Работаю в основном с дневниками и с литературой, либо выпущенной в сорок первом – сорок втором году, либо бывшей в обращении в то время. В частности, сейчас я работаю над темой «блокадное чтение», пытаясь разбираться между собственно чтением, находившимся в известной интересной компетиции со стратегиями невероятно остроумной (в карамзинском смысле этого слова, естественно) пропаганды, иногда совершенно гениальной, – и людьми, которые не понимали, какое к ним имеет отношение то, что издается в сорок втором. Вопрос очень простой: я пытаюсь, как всегда, сформулировать простодушные вопросы и жить ими. Вот когда наступает конец ноября сорок первого года, какую книгу ты достаешь с полки?

У меня такая смешная псевдонаучная жизнь; в свое время я училась на классике катастрофически плохо. Запредельно плохо. Но когда так провально учишься, это помогает тебе вырабатывать психологические стратегии выживания. А пока ты их вырабатываешь, ты очень много наблюдаешь людей, которые, как ты надеешься, не выгонят тебя с филфака, чтобы к ним как-то прилаживаться. Таким образом я наблюдала людей удивительных, людей блестящих, редких. Потом, оказавшись в Беркли на славистике и киноведении, я вдруг стала яростно учиться, и общение с такими замечательными американскими учеными, как Ирина Паперно, Виктор Живов, Андрей Зорин и так далее, уже было немного оттенено собственно занятиями. Но даже и писание диссертации – оно еще как-то не вполне было мной. И опять же – в Беркли мне постоянно говорили: вот в этом кафе Фуко пил такой-то кофе, в эту гостиницу, соответственно, он отправлялся со студентом, с которым он пил кофе, продолжать беседу и развивать ее… Эта чудовищная масса информации, которая вдруг со мной случилась и которую нужно было агрессивно переваривать, – это было что-то сродни счастью. Мне было ужасно весело и интересно. А сейчас я оказалась в малюсеньком колледже, ужасно забавном по-своему. Это последний кусочек Парижа шестьдесят восьмого года в Западном полушарии. Это колледж, где не ставят оценок, где тебе никто не навязывает дисциплины ни в каком смысле этого слова, где люди всё для себя решают сами – правда, снаряженные группой профессоров, которые их разве что грудью не кормят. Очень странные студенты, которые мне невероятно нравятся. Мне с ними очень интересно. Это какая-то оказалась правильная часть моей жизни на данный момент.

– Кстати, об общении, слегка оттененном научными занятиями. Хочется спросить вас о литературном ученичестве. Как оно осуществлялось, например, в вашем случае, когда вы были поэтическим вундеркиндом?

– У меня хитро все получилось. Моя абсолютная бездарность во всех областях жизни очень рано выявилась – мама несколько запаниковала, когда меня выгнали из музыкальной школы посредством нападения на меня с пюпитром. И когда я в очень конкретный момент начала писать стихи, это было очень интересно, потому что формально они с того самого момента были идеальными. Нормальный прыткий хорей какой-нибудь. Формально я ничему не научилась с восьми лет. А потом все как-то стало складываться. Юность свою я общалась с Вячеславом Абрамовичем Лейкиным, для которого мое воспитание сводилось к двум стратегиям. Во-первых, к заполнению меня чужими стихами – все время надо было читать, читать, читать. О моих стихах он почти ничего не говорил. Ну а что было говорить? У балерины есть, я не знаю, выворот стопы, и спину она как-то умеет тянуть, а художник скорее чувствует форму, нежели создает ее. У людей, которые пишут стихи, музыка задана – как у Жанны д'Арк голоса. Значит, бесконечное чтение, во-первых, а во-вторых, и вначале, и дальше, при встрече в пятнадцать лет с Митей Кузьминым, меня очень хвалили. Такая странная штука, она тебя невероятно защищает, а потом она тебя начинает разрушать.

– В какой момент?

– Я так конструктивно не скажу, но в какой-то момент, когда ты остаешься наедине с собой, а также наедине с миром – без этих людей, которые тебя держали в рукаве, начинается очень-очень больно. Но при этом ты как-то и защищен. Это хитро устроено. Поскольку это опыт такой странный, то я о нем с удовольствием рассказываю: другому и пожелаю и не пожелаю. Но в моем случае это было абсолютное ученичество. Мной занимались, чего уж там. Потом было взросление, были периоды неписания, были встречи с людьми, которые были для меня очень важны, – и вдруг они оказывались живые, мрачные, невыспавшиеся, склонные или не склонные общаться с какими-то неубедительными или убедительными девочками. Благодаря всем этим странным декорациям я в шестнадцать лет уже была знакома с [Еленой] Шварц, в тринадцать лет была знакома с [Алексеем] Пуриным, которого считаю поэтом замечательным, я общалась с [Иваном] Ждановым, который до сих пор для меня одно из утешений... Я уже не говорю о том, что, благодаря усердию наших медиа, кажется, не то чтобы особый секрет: до семнадцати лет в доме раздавались звонки, и такой специальный голос мне по телефону говорил не представляясь: «Давай я почитаю тебе свои стихи». Пожалуйста. «А ты мне почитаешь?» – и я читала. Так дважды в год. Причем я даже не особенно удивлялась. Завязка этого общения открылась, когда мне было уже семнадцать лет, я опубликовала какое-то количество книг и была уже вполне сама по себе. Но то, что он оказался моим отцом, было странно, совершенно не обязательно, очень больно – и до сих пор больно по ряду причин. При этом он один из любимых поэтов, это тоже по-своему очень странная ситуация. Юность была проведена в постоянном яростном диалоге, и это дало свободу к двадцати годам в этом диалоге не быть.

– *Как вам кажется, у вас есть читатель там, где вы живете? Или ваши читатели все-таки здесь?*

– Когда я приезжаю сюда раз в год или что-нибудь такое – например, читала вчера и еще несколько дней назад в Питере, – то вдруг из полутьмы появляются какие-то волшебные люди. А так у меня достаточно жесткое ощущение, что не совсем понятно, есть ли этот читатель вообще. Может быть, совсем непонятно. Иногда это трудно. Но поскольку это то, чем я занимаюсь, то я этим занимаюсь. Когда что-нибудь делаешь (как говорит наша соседка, по профессии слесарь), нужно делать это хорошо.

У нас у всех, понятное дело, на лбу написано, что «Христа тоже не печатали», и мы так и отвечаем на все вопросы, как вы относитесь к славе. Но вот я вчера разбирала архив Яхонтова – удивительно странного мелодекламатора. Яхонтов в 1931 году общался с Мандельштамом, и у него в дневнике записаны впечатления от этих бесед. Мандельштам ему говорил, что его неопубликованные стихи, невозможность публиковаться у него склеили все. Вот это мне кажется немного более близким к истине. Мы должны публиковаться, потому что таким образом мы связаны друг с другом – это во-первых. А во-вторых, мы таким образом освобождаемся от себя, чтобы не было этого страшного ощущения, что у тебя твои стихи везде и ты не можешь их выплюнуть.

– *А насколько для вас сейчас важна литературная среда? Есть ли у вас потребность, скажем, выпивать вечером с теми же людьми, которые вас читают и которых читаете вы?*

– Я почти не пью – американская жизнь не располагает к такой роскоши. Вот иногда точечно встречаться, просто видеть кого-то. Но это относится не только к литературе, а и к любви, я не знаю, или к дружбе. Иногда полезно видеть биологических особей одного рода и сорта с тобой. Иногда в ЖЖ, или в личном письме, или здесь за сигаретой происходит какое-то касание, ты понимаешь, что приблизился к кому-то, кто-то приблизился к тебе, что-то совпало... Но мне хорошо, мне невероятно важно, что это происходит очень редко – и, в общем, это мой выбор. Это как драгоценный яд – для эффекта нужно очень мало.

Я около трех дней в своей жизни в самом деле вплотную общалась с [Львом] Лосевым, при том что читала его можно себе представить сколько – с первых книжечек [издания Геннадия] Комарова. И со мной от его стихов (как очень мало от чьих в более или менее сознательном возрасте) происходила такая вещь, как будто меня в розетку включили. Я понимала, что могу писать каким-то графоманским образом, начитавшись его. И вот несколько профессоров, занимающихся русской поэзией, придумали семинар, на котором они читают вместе стихи русских поэтов. И Лосев был частью этой игры. За год до его смерти читали [Сергея] Стратановского и Борю Рыжего. Три дня мы только читали стихи, пили кофе и гуляли по этому городочку, и три дня я его наблюдала и слушала. И вот этими тремя днями я как-нибудь пропитаюсь – в обоих смыслах этого слова. То, что мне надо было, я поняла. Это тяжелейший человек, совершенно уникального дарования, для себя, насколько я понимаю, маловыносимый, человек запредельной безжалостной ответственности по отношению к тому, что он делал, – и человек очень-очень легкий. Причем его остроумие такого рода... Вот, скажем, эти все умники восемнадцатого века. Если заниматься, например, Монтескье, становится понятно, что у них были очень страшные способы думать, а так кажется – чудеса, пена и жемчуг. Вот он был такой. При том что к его стихам я отношусь все сложнее и сложнее, и от этого девичьего восторга отдалилась для собственной работы. Мы читали Стратановского. И я говорю, вот же удивительно, даже смешно: мы прочитали столько отменных стихов, и в них нет ни слова об, извиняюсь, любви. На что Лосев посмотрел на меня со смесью ужаса, печали и брезгливости и говорит: «Какая любовь? Это же взрослый человек!» Я говорю: «Ну, знаете, взрослые люди тоже иногда пишут о любви». Он говорит: «Кто?» Я говорю: «Тютчев!» На что Лосев, как-то так очень прямо посмотрев на меня, говорит: «Ваш Тютчев – грязный старикашка, dirty old man».

– *Вы говорили по-английски?*

– Нет, он перевел. Кстати, Лосев прекрасно говорил и думал по-английски. Среди людей этой профессии и в этой ситуации у него был один из лучших, наиболее подвижных английских языков, что очень интересно, мне кажется. Всегда легче всего говорить о себе – мой, например, английский катастрофичен. У меня очень живой, яркий словарь, но он такой английский параноидальный, он калейдоскоп. Там ничто ни с чем не связано, и все крутится, и грамматика практически отсутствует. Когда я вхожу в класс, на первой лекции у моих студентов смятение на лице: им кажется, что они спят. То, что ты американский филолог с русским устройством, ничего не значит. Лосев очень этим занимался, как мне кажется, ценил лингвистический склад себя.

– *Очень многие русские поэты, особенно из старшего поколения, не знают иностранных языков в силу обстоятельств советской жизни и поневоле игнорируют иноязычную поэзию, по крайней мере след неочевиден. А у вас произошло какое-то взаимопроникновение? Влияния?*

– Да, конечно. Очень ограниченное – я очень-очень защищаюсь. У меня муж американец, причем просвещенный американец, и билингвальная дочь. То есть это совершенно искусственно, что я от этого защищаюсь, но мы вообще занимаемся искусственными вещами: то, что мы делаем, неестественно. Я работаю с русским языком. Пример Набокова – он не вдохновляет, он ужасает. В том смысле, что он монструозен.

– А что вы скажете про пример Бродского?

– Английский язык Бродского был явлением не вполне очевидным – известно, что многие не принимают его переводы современных стихов. А русским богом он был и остался.

Все научные тексты я пишу по-английски. Хотя вот я недавно написала что-то по-русски – о, как привольно мне было писать по-русски! Это невероятно, какие странные способы счастья мы обнаруживаем. Ну вот, я решила попереводить. Придумала себе быстренько любимого американского поэта, Элизабет Бишоп. Замечательный поэт двадцатого века. Бежала из Штатов в Бразилию. Жила в городе с неслабым названием Петрополис. Я ее перевожу, это очень приятно и очень полезно для развития каких-то мускулов языка.

– Ваши стихи очень герметичны, а как вы относитесь к тому факту, что фокус социально-политической рефлексии смещается в поэзию? Может ли, на ваш взгляд, поэзия быть идеологически ангажированной?

– Мы с одной моей любимейшей подругой решили на двоих сообразить курс под названием «Медуза». А любой курс – это вопрос, ты задаешь вопрос и полгода пытаешься придумать способы ответа. И там вопросом было, можно ли смотреть на то, что болит, и как на это смотреть. Смотрим мы на источник боли или прикрываемся щитом? Подруга показывала свои проекты, связанные с Бейрутом, с войной, а я, естественно, показывала то, что я умею показывать. Мы занимались Питером начиная с «Двенадцати», очень много Шкловского, а потом гармонично продвигаясь вдоль русской истории через Шаламова к моим блокадным друзьям-персонажам. Я постоянно читаю Берггольц, [Татьяну] Гнедич, такого совершенно забытого поэта Зинаиду Шишову, Инбер. Шишова – автор одного из самых интересных, на мой взгляд, блокадных текстов – поэмы «Блокада», это наблюдение за гибелью ее сына изо дня в день. Очень ангажированная поэзия – мягко говоря, об актуальных событиях. При этом, на мой взгляд, это одна из самых ярких точек существования советской поэзии. Если у человека такое устройство поэтического аппарата, значит, ему так нужно. Моя патология такова, что мне проще думать о сорок первом, чем о две тысячи девятом. Так я устроена. К вопросу о традиции, и почему в рифму, и так далее – потому что мне удобнее в девятьсот сорок первом, в восемьсот сорок первом. Чтобы что-нибудь про сегодня, мне необходимо про вчера.

– *Вопрос не в том, почему в рифму, это как раз понятно.*

– Это все менее и менее кому понятно, особенно когда ты из штата Массачусетс.

– *Раз мы заговорили о традиции, хочется спросить о вашем отношении к литературным иерархиям. Возможна ли, по-вашему, вертикальная иерархия после смерти Иосифа Бродского? Кто теперь бог?*

– Невозможно назначить бога. Не знаю насчет Бродского. Но если говорить про смерть Лосева… Это, наверное, чудовищные слова, учитывая, что его семья существует, что он был хорошим человеком. Это страшные по-своему слова, но я не почувствовала его смерти вообще. Ничего не случилось.

– *Вы имеете в виду, что он уже памятник?*

– Он остался тем, что он был. Стихи есть, очень много стихов – их еще долго можно будет читать. Я не говорю уже об очень своеобразной, на мой взгляд, но блестящей биографии его друга, написанной им, которой в чем-то нет равных. По степени безжалостности, безжалостности к себе, целомудрия и так далее. Какая разница, живы или умерли, в нашей профессии? Он настолько есть… Я даже три дня наблюдала его – чего еще остается желать?

Ужасная женщина[1]

– *В блокадных тетрадях дневника Островской мне запомнились страницы, где она с обычным для нее высокомерием говорит, что кругом мещане, «гераненные типы», которых она ненавидит, а потом добавляет, что эти мещане-обыватели и борются с немцами, отстояли Ленинград и Сталинград, и что они люди будущего, которые ее саму похоронят.*

– Интересно еще, что потом она возвращается к этому явно не случайному для нее ощущению. И уже когда самый ужас спадает, они с приятельницей идут по городу и наблюдают то, что она описывает как поколение победителей, и пишет о том, насколько все это новые и чужие люди, опять же мещане. То есть себя она к победителям ни в коей мере не относила, что тоже интересно. Наверное, говоря о блокаде, мне по профессиональным причинам, поскольку я занимаюсь блокадой, многое было бесконечно полезно, начиная с каких-то моментов быта, для меня были пронзительные вещи не только, как она подробно описывает огромную роль в жизни горожан, скажем, черного рынка, чем только сейчас начинают активно заниматься историки, становится понятно, что без этого черного рынка Ленинград категорически не выжил бы, о том, как трагически меняются ее отношения с матерью и братом, и она подробно весь этот распад прописывает. Меня также интересовали такие детали, как они уже после комендантского часа пытаются пробираться друг к другу во тьме, чтобы слушать музыку, эти пластиночки – оперу, французский шансон, церковные песнопения. Можно себе представить эти пробирания – во мраке, холоде, прячась от патрулей. Мне было очень интересно

[1] Беседа с Дмитрием Волчеком на радиостанции «Свобода», 30 Июль 2013. https://www.svoboda.org/a/26350505.html

узнавать жизнь католиков в городе. Хотя сейчас эта тема тоже возвращается, невероятная активность церковной жизни в городе, не только духовной, но и религиозной, но именно католики самые забытые, совсем уже парии этого странного мира, которые умудрялись встречаться, эти старухи замечательные, вроде старухи Сушаль, которые как-то осуществляют эту жизнь духа. Все это у нее подробно описывается. А говоря о каких-то более возвышенных вещах, мне было очень важно обнаружить там два аспекта. Во-первых, что она очень рано начинает задавать вопрос о том, осмысленна ли была вся эта страшная история, вся эта жертва. Она замечательно формулирует, замечательно четко, замечательно безжалостно, замечательно надменно, как вы сказали, она не дает ответа, но вопрос возникает. Мне кажется это очень важным. Так же с точки зрения именно опять же надменности, взгляд свысока. Это очень интересно, как возникает, как формулируется этот взгляд свысока. Может быть это одна из тем дневника, как по-разному, в разных точках она переформулирует возможность взгляда свысока на современный ей момент, как начиная с лета 42-го выжившие начинают свысока смотреть на умерших и умирающих.

– *Выжившие ненавидели дистрофиков – это после первой голодной зимы. И она сама отмечает свое желание быть здоровым зверем, который не любит больного. Не знаю, писал ли кто-то об этом до нее?*

– Я немножко этим занималась. У меня в НЛО была статья про хронологические периоды, психологические периоды блокады, и про это я тоже писала. Этот момент, который мне кажется очень важным, когда город в известном смысле понял, что он выжил, – это именно лето, даже к концу лета, когда город наелся травы и одуванчиков знаменитых, капусты на площади и стал от себя отстранять зиму. Похожие замечания есть в других дневниках. Например, существует примечательный дневник архитектора Левиной, тоже редкий по своей безжалостности, она пишет о чем-то похожем. Конечно, с Софьей Казимировной никто не сравнится в этом ощущении.

– *У нее есть замечательные детали пробуждения жизни. Она упоминает модниц, которые в 42-м году вдруг начинают увлекаться фальшивыми драгоценными камнями, упоминает блокадные любовные романы, магазины, торгующие дамскими шляпами, катание на лодках в разрушенном Петергофе, публику, заполонившую театры...*

– Возвращение жизни, да. Впрочем, каким-то диким образом жизнь никогда и не прерывалась – предметы моды пользовались серьезным спросом на блокадном черном рынке еще зимой, а мастерицы знаменитого ателье «Смерть мужьям» пережили зиму, выполняя заказы привилегированных модниц. Островская тоже всю зиму надеется и пытается продавать платья и драгоценности.

Однако лето 1942 года в ее дневнике – особый этап. Если вы помните – дневник замолкает. В последнее время очень интересно думать об этом моменте тишины после смерти мамы.

– *Там вообще очень сильный стилистический перелом, я бы даже сказал, что с этого момента дневник становится умнее.*

– В принципе, как я для себя это понимаю, поскольку мы имеем дело с человеком невероятно честолюбивым, и в какой-то степени это может быть одна из главных, несущих балок этого дневника – честолюбие, своего рода разные возможности, поймите меня правильно, подвига. И понятное дело, что 41-й – это попытка спасти мать, и катастрофа, она ее не спасет. Вот это поражение, молчание. Потом я, пожалуй, соглашусь, это очень любопытно, что в следующий раз пишет уже другой человек.

– *Только надо упомянуть, что это честолюбие совершенно ни на чем не основано. Она была убеждена, что она большой писатель, пишет «Золотую книгу», которая останется в советской литературе. Но судя по тем небольшим фрагментам, которые опубликованы в комментариях, ее стихи – это кошмарная графомания, у нее не было таланта вообще.*

– Мы много про это думали в ходе подготовки публикации, и мнения наши менялись. Стихи Софьи Казимировны за какими-то странными исключениями, впрочем, я склонна думать, что эти исключения происходят в голове публикаторов, стихи эти чудовищные. Хотя мне иногда кажется, что там чуть-чуть какая-то странная тень, может быть, от общения с ее замечательными собеседниками, мы будем об этом еще здесь говорить, проскальзывает, а также последние стихи, которые в конце, совсем на последних страницах дневника, эти странные прощальные стихи, у них есть какое-то странное свое достоинство. Но в принципе защищать ее невозможно как поэта. Но при этом дневник сам, который она, как мы знаем, хотела опубликовать, вернее, хотела, чтобы он был когда-нибудь опубликован в будущем, дневник литературно, как мне представляется, незауряден. И в этом смысле честолюбие вдруг ее оказывается не совсем абсурдным, это не совсем «Бледный огонь». Потому что иногда кажется, что перед нами Кинбот-завистник в чистой форме своей. Дневник действительно любопытный. Ну да, ее роман с собственным честолюбием, об этом говорить можно много – и это смешно, и это страшно.

– *Дневник любопытный, но должен сказать, что когда я его читал, я испытывал глубочайшее отторжение, неприязнь к автору. Редкий случай, особенно, когда читаешь дневник человека, который перенес много испытаний – и тюрьму, и смерть матери от голода, и тяжелую болезнь брата, за которым она ухаживала всю жизнь, и блокаду, о которой мы говорили. Я ей не сочувствовал. Судя по вашей статье, вы относитесь к ней снисходительнее.*

– В какой-то момент, когда живешь с человеком четыре года, пытаясь его рассматривать то так, то этак, то это другой стиль отношений, нежели когда читатель входит в этот мир, в это дневниковое пространство и впервые с этим сталкивается. Перед нами явление все-таки, как мне кажется, крайне любопытное. Но в принципе меня скорее удивляет, что многие читатели дневника жалуются мне на то, что у них не складываются отношения с Островской. Сам этот дневник – это прежде всего инструмент, я его так всем пытаюсь рекомендовать, объяснять для понимания чего-то важного о советском 20-м веке, нас в этом веке. Это такая линза, лупа своего рода. Таких дневников мы еще не читали, такого знания у нас еще не было. Конечно, в Софье Казимировне есть черты, я бы сказала, одна черта, которая не позволяет нам, мне, может быть, вам, судя по тому, что вы сказали, впасть в сочувствие, – это то, насколько она сама в него не впадает, за редчайшими исключениями. И то, как она рассматривает людей, которые ей вверяются, как фактически насекомых, она иногда в таких терминах и пишет.

– *Да, она писала, что люди ей нужны только как экспериментальный материал. Или: «к людям холодноватое и сухое любопытство всегда анатомического порядка».*

– Замечательно! И причем предметами этого любопытства становятся персонажи как раз нам по-разному близкие. Мы можем долго обсуждать или не обсуждать сюжет с Анной Андреевной А., который, конечно, нитью проходит страшной и странной своей, но для меня мерилом стала история с Гнедич. Там несколько персонажей проходит, которые мне кажутся крайне увлекательными, и отношения Островской с ними кажутся очень интересными. Это, конечно, Гнедич, которой сейчас просто общее место заниматься среди славистов, переводчиков, теоретиков перевода. Потому что то, что она в лагере сделала, трудно представимо, и вся ее блокадная сюжетная история невероятно интересная, как она делала себе почти известную блокадную карьеру и как быстро была за нее наказана, арестована и что случилось потом. Отношение, соответственно, Островской все время к ней как к безумной, жалкой, как к не солдату, как к не человеку подвига.

– *Но все-таки она признает ее поэтический талант и даже гениальность. Она пишет, если помните, что вообще это единственный поэт во всем Союзе писателей.*

– Особенно это замечательно в сочетании с моим любимым моментом, когда она описывает их прогулки там, где смертоопасный сектор – возникает такое очень симпатичное словосочетание. И фактически она прописывает то, как она диктует страницы, как она задиктовывает эти идеи Гнедич. Интересно формулирует: мало, где мы находим так активно воспроизведенную позицию, идентичность музы, от которой автор находится в жестокой зависимости. Вот она такая муза, она все время что-то задиктовывает – она постоянно подает идеи или объясняет что-то Ахматовой, она бесконечно много что объясняет Всеволоду Рождественскому и так далее. А эти уже такие убоговатые персонажи, они что-то записывают по мере сил. Всех своих творческих протеже Островская начинает в итоге презирать – но за что? Согласно ее интерпретации, за их несоответствие ее ожиданиям, но как может предположить читатель дневника – за то, что оплодотворить, сделать поэтом они ее не в силах.

– *Одна из загадок дневника Софьи Островской – ее отношение к советской власти и добровольное желание ей служить сначала в милиции, а потом в качестве секретного сотрудника госбезопасности. Ваша коллега Татьяна Позднякова в предисловии к книге размышляет о мотивах Островской – страх, любопытство и так далее. Как вы понимаете ее мотивы? Вы сказали, что с этим текстом четыре года прожили, наверняка увидели больше, чем я, читатель, который четыре дня с этой книгой провел.*

– В предисловии замечательно еще то, что сделала Позднякова, что она умудрилась опросить энное количество знакомых Островской, некоторые из них, как замечательная Анна Каминская и еще некоторые люди еще живы, еще говорят о ней, еще пожимают плечами, еще удивляются, еще не в состоянии выдать какое-то окончательное суждение, приговор. Мы спрашиваем просто: а вы что думаете? Никто не уверен.

К разговору о Каминской – был любопытный эпизод во время недавней презентации дневника в Фонтанном доме – мы попросили ее сказать об Островской, так как она ее помнила еще девочкой. И Каминская, которой весь этот разговор о «многослойности» личности Софьи Казимировны был явно тяжек, вдруг стала рассказывать о том, как Островская замечательно играла с детьми, постоянно «превращаясь» в новых вымышленных персонажей – то волшебника, то китайца... И я подумала тогда, какой точный симптом – страсть к выдумыванию разных себя, страсть к перевоплощению...

Особенно когда перевоплощению способствуют особые обстоятельства: важно помнить, что Островская несколько раз была арестована.

– *Два раза – в 29-м и 35-м году.*

– Что там происходило, мы можем только догадываться. В дневнике Боричевского, любопытного философа, который очень много присутствует в комментариях, приятеля Островской, есть намеки на то, что ему казалось, например, что ее пытали. Опять же у него это как-то глухо проскальзывает. То есть мы говорим о чем-то, изящно выражаясь, сложном, о том, как скорее всего необходимость в какой-то момент слома совпал с внутренними поисками и желаниями. Я думаю, насколько я могу себе это представить, хотя сколько мы об этом говорили с разными думателями на эти темы, ничего мы не можем себе представить, пока нас не пытали и пока мы не голодали. Так скорее всего случилось с Оранжереевой, подругой Островской, по доносу которой, судя по всему, сел Хармс. Две наши героини и антигероини – Софья Островская и Антонина Оранжереева, красавицы-аристократки, погубившие кого-то из наших любимых писателей и мыслителей. Скорее всего, привели Островскую на это поприще какие-то комплексы, как мне кажется, комплексы того, что ты не можешь состояться, комплексы того, что ты откинут на край эпохи, на край истории, поэтому так важна блокада, что блокада как будто вновь возвращает Островскую в историю, в большую историю. А до этого она существует маргинально. Это оскорбительно, она ищет, как мне кажется, другой роли. О таких ниточках я здесь думаю, достаточно мучительных, достаточно страшных, достаточно отвратительных, приведших Софью Казимировну к ее позиции человека, пишущего для нескольких инстанций – для нас, для вечности, но также и для иных.

Пять счастливых страшных звезд[1]

Полина Барскова <…> представила в России (в Петербурге, Москве и Воронеже) две книги. В первом случае Барскова выступает как редактор-составитель и комментатор антологии под названием «Стихи, написанные в темноте». Это тексты пяти поэтов, работавших в блокаду. Вторая книга – сборник стихов Полины Барсковой «Воздушная тревога».

– Полина, я хотела бы начать разговор с вашей, если можно так сказать, очередной «блокадной книги», которая на этот раз состоит из стихов пяти поэтов, которые работали – по разным биографическим обстоятельствам – в блокадном Ленинграде. Почему вы выбрали именно этих людей? Кто самый интересный для вас персонаж? Как я понимаю, эта работа выросла из предыдущей вашей научной деятельности, посвященной писателям блокады, вообще, письменности блокады.

– Да, я приехала, в частности, в этот раз в Россию, чтобы рассказывать об этой книжечке, которая вышла в Соединенных Штатах, в Нью-Йорке. Это двуязычная антология, которая называется «Стихи, написанные в темноте», это название одного из стихотворений в книге, Дмитрия Максимова. Это антология, как я формулирую, блокадной неподцензурной поэзии, это один из самых простых ответов, что же объединяет их, потому что это только часть, это один сегмент. Я об этом пытаюсь говорить при каждой и любой возможности. Блокадная поэзия – это целый мир, как мне представляется, объемный, увлекательный и разнообразно сложный, уже

[1] Интервью дано Елене Фанайловой, радиостанция «Свобода», рубрика «Культурный дневник», 1 августа 2017 года. https://www.svoboda.org/a/28651328.html

не говоря о том, что бесконечно страшный. Сложный из-за того, что там много всего и так много разного, разного стилистически, разного эстетически, что связано с этим – и разного идеологически, конечно. В блокаде работают Берггольц и Крандиевская, Тихонов и Татьяна Гнедич; и также в блокаде работают наши пять поэтов. Я такой срез делаю и такую рамку, говорю, что неподцензурная поэзия, а иногда делаю акцент на том, что все эти поэты связывали себя с поэтикой и поэтами ОБЭРИУ: Гор, Зальцман, Максимов, Рудаков и Стерлигов. Пять совершенно удивительных литераторов, удивительных историй, пять удивительных биографических ситуаций: как они там оказались в блокадном городе, как каждый из них выбрался из блокадного города? Примечательно, что ни один из них в блокаде не погиб, хотя, казалось бы, все пятеро были обречены по природе своей. Но вот пять счастливых страшных звезд им сияло. Потом это не всегда было так, по крайней мере, Рудаков погибает, но уже после. Кто из них любимый, ответить не могу, каждый из них по-своему кажется мне очень важным для истории русской, советской, а на самом деле мировой литературы. Потому что в то же время в Германии существует, существовала, изучается, а главное, оказывает влияние поэзия, возникающая как реакция на катастрофы XX века, которая работает с тем, как язык реагирует на ужас. Но по понятным политическим причинам блокадная поэзия во многом у нас ассоциировалась с таким бесконечно интересным и неоднозначным, не очень удачное слово, явлением, как Ольга Федоровна Берггольц, для которой одной из очень важных задач была слава. Когда мы смотрим на дневники Берггольц, теперь уже, слава богу, благодаря нашим замечательным коллегам все более и более опубликованным, мы понимаем, что Берггольц воспринимает блокаду, кроме всего прочего, как свой час признания. По ряду причин: потому что она вот так пережила ужас своей тюрьмы, и вот так она пережила тот момент, когда она поняла, что больше она не будет публиковаться, не будет на виду. Для нее это было очень важно, к ее блокадной поэзии я отношусь со всей серьезностью, без всякой снисходительности, не дай бог. Но все-таки это поэзия, которая формально воспроизводит желание нормализации. В то время как поэты, собранные, собравшиеся, не совсем уверена даже, какой залог использовать, в этой маленькой книжечке, как мне кажется, их задачей был эксперимент воссоздать в поэтическом языке то, что происходит с дистрофиком. Такой перевод дистрофии на язык поэзии. Может быть, я просто почитаю, мы приступим к собственно стихам, каким-то мыслям о них. Геннадий Гор.

Красная капля в снегу. И мальчик
С зеленым лицом, как кошка.
Прохожие идут ему по ногам, по глазам.
Им некогда. Вывески лезут
Масло, Булки, Пиво,
Как будто на свете есть булки.
Дом, милый, раскрыл всё –
Двери и окна, себя самого.
Но снится мне детство.
Бабушка с маленькими руками.
Гуси. Горы. Река по камням –
Витимкан.
Входит давно зарытая мама.
Времени нет.
На стуле сидит лама в желтом халате.
Он трогает четки рукой.
А мама смеется, ласкает его за лицо,
Садится к нему на колени.
Время все длится, все длится, все тянется
За водой на Неву я боюсь опоздать.

Из пяти поэтов в этой антологии, а все они мне, как было сказано, из Пушкина, когда царевна говорит тем, кто ее нашел и защитил: все вы мне милы, вот все они мне милы, но Гор – это знак во всей этой истории. Во-первых, это невиданные и неслыханные стихи в том смысле, и это одна из тем, которую почитатели Гора периодически обсуждают, что сам автор ни одно из этих стихотворений ни разу никому не прочитал. И во всей этой нам очень и очень хорошо известной истории советской литературы, в термине Лидии Яковлевны Гинзбург, «публикабельности», Гор – это такой абсолютный предел. По сравнению с ним Анна Андреевна Ахматова, которая, как мы знаем, придумала весь этот замечательный способ записывать кусочки «Реквиема», потом сжигать в пепельнице, или чтобы кто-то совсем близкий запоминал, становился персонажем известного текста Бредбери, по сравнению с Гором ситуация Ахматовой, которая представляется, казалось бы, совершенно сюрреалистической, это прямотаки «Лениздат». Потому что Ахматова выдавала в будущее свои тексты, в то время как Гор не мог этого сделать.

– *Как же это было обнаружено?*

– Это было обнаружено в его столе посмертно. Притом что тоже замечательно, что он говорил своим близким, с которыми, как я понимаю, у него были очень хорошие отношения, что стихи есть, но дальше этого как-то не шло. Как мы знаем, у Гора была весьма своеобразная литературная карьера, он был преуспевающим писателем-фантастом советским, «няней» будущих ленинградских советских писателей. Скажем, в его литобъединение ходил, с ним общался Битов. Так что он был весьма заметной фигурой в Ленинграде. Знали, поговаривали о его каких-то авангардных связях 30-х, о его огромном интересе к искусству авангардному, он был коллекционер. Но о том, что могут такие стихи произойти из этого человека, на самом деле было понимать очень сложно. Мне кажется, одна из самых важных задач для нас, занимающихся этими сюжетами, – это сопротивляться мифологизации. Как только ты чувствуешь, что какая-то внутренняя позолота или, опять возвращаясь к «Сказке о мертвой царевне», как только на этом яблочке появляется воск, пленочка, нужно тут же себя контролировать и соскабливать. Это легенда, о том, что Гор был весь такой испуганный проработками 30-х, мы полагаем, что на него сильное впечатление добычинская история оказала. Все же он был странен. Мы не знаем, конечно, психологически что там происходило, мы можем говорить о произошедших из этого стихах. Стихи эти разительны. Да, они как-то, безусловно, связаны с Введенским, это поэтика распада. Гор общался и с Введенским, и с Хармсом. На него смерть Хармса, как на нескольких поэтов в этой книге, оказала душераздирающее воздействие, как и на Стерлигова. Все эти линии притяжения, вся эта история человека, начавшего в 20-е, потом советское блеклое существование, как иногда кажется, и этот дикий интенсивный прорыв блокадный. Вообще, когда мы говорим о блокадной поэзии, мы имеем дело с чем-то, о чем нужно говорить очень аккуратно, осторожно, там не все понятно. Идеально было бы, я все еще рассчитываю, что это произойдет, что в этот разговор войдут психологи, физиологи, биологи, что мы имеем дело с физиологической и психологической аберрацией, мы имеем дело с людьми в очень странном состоянии. И как это связано, например, с тем, что следующий поэт, о котором я хотела бы сказать, Сергей Рудаков, существо странное, как мы знаем по его истории с Мандельштамом…

– *Когда вы заговорили о желании сдирать эту восковую пленочку мифологизации, Рудаков представляется очень удачным примером. Есть такой миф о нем, как о человеке к Мандельштаму и Мандельштамам близкому, но предавшего их. Я сейчас очень грубую схему рисую.*

– Рудаков, как по-своему каждый из них, легендарен. Когда я думаю о нем на данном этапе, я достаточно сильно себе помогаю каким-то таким веслом, бледным огнем Набокова. Такой безумный комментатор, который оказался рядом с Мандельштамом, и вся эта история. Когда речь заходит о сюжете с Мандельштамом, нас интересует Мандельштам, а стихи Рудакова, возникающие в то время, они вызывают любопытство, но и неловкость. В то время, как оказавшись в блокаде, он пишет стихи иные по чистоте тона, что-то меняется. Там много любопытного. К разговору о связях с обэриутами: Рудаков помешан на Вагинове до такой степени, что он Вагиновым является далеким родственником. Он даже пишет о том, что во время блокады он доходит, хороший глагол, важный, он доходит до квартиры, где жил Костя, как он его называет, чтобы черпать вдохновение таким образом. Если мы себе представляем реальность зимы 1941/42 года, то цена такой прогулки очень высока.

– *Прочтете его стихи?*

– Да. Вот как раз, мне кажется, об этом стихи, о пространстве и пространствах блокадных.

В пустующей квартире,
Где стульями топили,
Где копотью увешен потолок,
Где так недавно жили, –
Покуда им не вышел срок,
Заведены часы ходили.
Еще с державинских времен,
Нет, – раньше: смертную мороку
Когда заслышал Сумароков,
Часов заупокойный звон
Звучал как символ похорон.
В пустыне Ленинграда
Часы еще идут кой-где.
Дуге пружин, колес ходьбе
При этом доверять не надо.
Бездействует слепой Харон,
И нет нормальных похорон.
Повымерли, бедны и сиры,
В пустом спокойствии нелепы,
Стоят закрытые квартиры, –
Молчат неприбранные склепы.

– Это совершенно не похоже на его предыдущие тексты, которые были связаны с Мандельштамом, с неоклассической поэтикой.
– С одной стороны, мы понимаем, что это филологическая поэзия, Рудаков, в частности, интересовался, очевидно, XVIII веком и началом XIX, но здесь какая-то точность другая появляется совершенно, которой в его предыдущих попытках нет как нет. Тут есть какие-то достаточно разительные находки. «Смертная морока», мне кажется, замечательно.
– Мне нравится «заведены часы ходили».
– «Заведены часы ходили». И вообще: текст Гора и здесь – два очень разных поэта, два очень разных текста. И оба при этом пишут о такой вещи, которая очень важна, как мы по-

нимаем, для блокадного ощущения, для их блокадного самоощущения, а поди ты ее зафиксируй, поди задокументируй: блокадное ощущение времени. Об этом в дневниках очень много, и это какая-то одна из мук, одна из пыток, испытываемых ими. То, что Гор пишет, что времени нет, и Рудаков пишет об этих часах, которые идут, которые кем-то заведены. Кем все это установлено, течение времени и остановившееся время? Я все время об этом думаю каждый раз, когда каждый час твоих занятий блокадой ты натыкаешься на какой-то очередной текст, образ, где тебе сообщается, что блокада продолжалась 900 дней. Я сейчас ездила со студентами в Питер, мы обсуждали, работали, думали, что такое сейчас блокадная память в этом городе. Конечно, мы пошли к памятнику на юге города, и там золотом везде – «900 дней». Блокада не продолжалась 900 дней, она продолжалась меньше, предлагаю посчитать. И то, что официальная память округлила, мне эта мелочь кажется замечательно симптоматичной. Учитывая, как они доживали, выживали каждый день, то, что кому-то показалось, что нолики симпатичнее, мне это кажется совершенно обворожительным.

– *Там же каждый день был чудовищным.*

– Сидя на ступеньках этого памятника с ребятами, я думала: вам бы, строители этого памятника... Ладно, не услышите вы их голоса, да и мы не слышим их голоса, чего уж, но вам бы эти тексты почитать. Там было несколько дней в январе, когда на хлебном заводе уже не пекли, потому что не смогли добыть воды, и совсем электричества не было, вообще. И за эти несколько дней было совсем мало, вообще хлеба не было в городе. И за эти несколько дней все в каком-то смысле и случилось, вот этот чудовищный надлом. Мы говорим об очень коротком времени. Это странные поэты, которых западный читатель (мы говорим об антологии, которая вышла в переводе в Америке), их сразу воспринимают – о, это сюрреализм, это связано с дада по ощущению читателей, которые уже подготовлены к чтениям немецких и французских дадаистов и американских. Самое интересное, что они-то, на мой взгляд, точнее многих воспроизводят настоящее настоящее, настоящую реальность. То, что мною воспринимается как своего рода хорошая новость. Достаточно часто, когда ты разговариваешь с людьми и с читателями обо всем этом, возникает вопрос: как ты этим занимаешься, как вы этим занимаетесь, почему вы этим занимаетесь, есть ли что-то хорошее во всем этом? Мне кажется, что во всем этом бесконечно много хорошего. Очень интересно узнавать о человеческом существе, что в этой ситуации человеческое существо считает, что нужно писать стихи, например. Мне кажется, что это интересно и хорошая новость. Но вот другая: что, естественно, рукописи горят, они только и делают, что горят и исчезают. Сначала поэтов в этой антологии, как нам казалось, было четверо, но в какой-то момент раздается звонок, приходит письмо, и по этой странной грибнице, или как мы называем эту систему: вы знаете, говорит милый голос, а вот у нас есть стихи Стерлигова, тоже важной авангардной фигуры ленинградской. Стерлигов написал несколько совершенно мучительных прекрасных текстов, в частности, потому что для него смерть Хармса, о которой, в скобках, узнали очень быстро, это другой сюжет, но про знание незнания в блокадном городе, в тоталитарном городе, как знание на самом деле распространяется. Так у нас в книжечку вошли стихи Стерлигова, я бы хотела одно прочитать, «Смерть».

Ложку поднес к губам – смерть,
Руку протянул, чтобы здравствуйте, – смерть,
Увидел птичку-чижика – смерть,
На ветке листочек – смерть,
С товарищами идешь на прогулку – смерть,
Посмотрел на капусту в тарелке – смерть,
Друзей провожаешь, их двое, – смерть,
Случайно взглянул куда-то – смерть.

– *Трудно продолжать разговор после такого мучительного, точного и холодного одновременно текста. Им, кажется, можно поставить точку в нашем разговоре, но мне совсем не хочется этого делать. Я, как простодушные люди, которые вас спрашивают, Полина, почему вы занимаетесь этой темой, хочу услышать ответ на этот вопрос. Это довольно мучительная история, по крайней мере, нелегкая, очень нелегкая.*

– Я каждый день, наверное, задаю себе этот вопрос. Наверное, каждый день у меня какой-то разный ответ. Самый простой – мне их жалко.

– Очень понимаю.

– Мне кажется, что это намерения государственной машины со своими резонами, со своими страхами, машины, полной страхов, стереть то, что она понаделала, подтереть, в поединке, в контакте одной государственной машины с другой государственной машиной, в контакте советской государственной машины с самой собой, в Ленинграде погибло более миллиона, мы никогда не узнаем – сколько. И то, что мы не узнаем сколько, и то, что мы не услышим как, и то, что свидетельства исчезают, у меня просто это вызывает гнев, я бы сказала, детский гнев. Внучка одного из поэтов (так замечательно люди помогали этой книге, и те, кто нам давали эти стихи, и переводчики, и все участники, и редакторы), внучка одного из поэтов Маша Зальцман-Зусманович, которая увидела эту книжечку, а там на обложке Зальцман, она сказала, вроде бы как ее дед удивительный, это случай, смерть, он выжил, он состоялся, он пришел к нам. И при этом Маша говорит мне: вот посмотри, эта книжечка, она про исчезнувших. Потому что эти пять остались каким-то чудом: вдова Рудакова не дожгла архив, картины Зальцмана почему-то ему вернули, и всякое прочее непостижимое. Но на самом деле эта книжечка должна нам напоминать о том, сколько этих страничек ушло в лед. Это я воспринимаю как полезное упражнение – сопротивляться льду.

– Полина, я понимаю так, что ваша собственная книга стихов, которую вы в Москве представляете, она называется «Воздушная тревога», внутренне связана с темой вашего исследования. Тема смерти, тема памяти, тема душевной работы по этому поводу, какие-то неудачные слова я подбираю по этому огромному полю, мне кажется главной для этой поэтической книги. Вы можете прокомментировать мое наблюдение и прочесть какой-то текст из книги?

– С радостью. Мне важна эта формула, она связана, конечно, «Воздушная тревога», чего уж там, понятно, что это сигнал, предупреждающий о налете. Но также для меня эта книга о настоящем, о времени, когда российская действительность пропиталась новой тревогой, и она везде. Я прочитаю стихотворение, связанное с материалом, о котором мы сейчас говорили, в попытке понимать, что нам сейчас со всем этим делать. Называется стихотворение «Город», посвящается замечательному исследователю, в частности, блокадных текстов, Илье Кукую, с эпиграфом из дневника Зальцмана: «И все-таки в декабре мы однажды, взявшись под руки, добрели до этого магазина и купили несколько игрушек, самовар с чайником и еще что-то».

Я дверь в меня, а ты окно.
Ты в дверь меня, да я в окно.
Со мной и утречком темно
Со мной и ночечкой бело
Как будто горний мир – стекло.
И кто-то ногтем по нему
И сквозь порез пускает тьму.

Я раздражение твое
В паху на остреньком плече.
Я разложение твое
На мир сияющих вещей.
Вот эта вещь vina беда
Вот эта вещь beda вина.
Вот эта вещь моя всегда
Вот эта вещь чужда нужна.
Вот это: города сад зверей
Сидят за тысячью дверей
Повсюду вывески дворцы
Все «бесы» тут и «молодцы».
И лишь один казался мне.
Он верно показался мне.
Он был как дырочка в стене
И там была записка мне:

Там сказано «не дрейфь не бзди.
Пылает шар в твоей груди.
Шар новогодний, он блестит.
Кто шельму метит, тот простит».

– *Полина, спасибо. Я думаю, это прекрасный комментарий ко всему нашему разговору о беде, вине, раздражении, разложении, о метафизике города и о телах, которые пребывают в нем в состоянии блокады или новой воздушной тревоги. И о необходимости работы и физиологов, и докторов с материалом холода, и о необходимости работы поэта с состоянием тревоги, в котором общество находится.*

Невидимое существо блокадного города[1]

В декабре 2017 года Издательский проект «А и Б» выпустил хрестоматию для среднего и старшего школьного возраста «Блокада. Свидетельства о ленинградской блокаде».

— Полина, почему вы взялись за эту хрестоматию? Это связано как-то с вашим ленинградским детством и с тем, что неподалеку от дома был Московский парк Победы и памятник жертвам Блокады?

— Знаете, меня часто спрашивают об этом. Я все придумываю какие-то ответы, но не могу сказать, что они меня целиком удовлетворяют. С одной стороны, все спрашивают, были ли там бабушки-дедушки, семейная память: нет, не было. Родители приехали в город учиться в университете уже после войны. Конечно, память связана с пространством. Весь город в каком-то смысле очень сильно про это событие. Я выросла рядом с Московским парком Победы, но никто нам никогда отчетливо не сказал, что такое Московский парк Победы — что это яма и крематорий. Там мы играли среди нарциссов и яблонь, на качелях качались, и все это, невидимое существо блокадного города, гораздо позже меня настигло.

— А позже — это когда?

— Мне было около тридцати: я уже уехала в Штаты, написала диссертацию про культурную жизнь Петрограда-Ленинграда 1920-х-начала 1930-х.

— Все это связано с вашим интересом к творчеству Константина Вагинова?

[1] Интервью дано Елене Калашниковой для сайта «Уроки истории, XX век», 18 мая 2018 года.
https://urokiistorii.ru/article/54733

– Да. Диссертация кончалась в замечательном 1934-м году, когда Вагинов «очень удачно» умирает от туберкулеза (понятно, что с ним, скорее всего, стало бы то же самое, что с его кругом, который почти весь погиб в годы Террора). И в 1934-м начинается кировская история... Юношеские мои берклийские занятия заканчивались на этом: я занималась обэриутами, ФЭКСами (то есть молодым Козинцевым, прежде всего), и это мне казалось невероятно ярким, уникальным, значительным, а Блокада – все, что я тогда о ней знала, то есть застойная «память» об этом событии – безнадежно зубодробительным официозом.

И вот в тридцать лет я приезжаю в город со своими делами, связанными со стихами, у меня оказывается лишнее время, и я захожу на выставочку «Блокадный дневник» в Музей истории города, которую сделала замечательный человек – Вера Ловягина. И там я впервые вижу блокадные работы Татьяны Глебовой, и они меня разворотили. Я ничего подобного никогда не видела – в смысле прелести, ужаса и прямоты воздействия. А во-вторых, я как-то очень оскорбилась потому, что ничего из этого не знала. И, по-моему, я тогда же пошла разговаривать с администрацией и потом ходила в архив. Так все это стало закручиваться, пока не раскрутилось в осознание, что мир блокадной культуры – сложнейший огромный многоэтажный и мне не известный.

– Блокада – из крупнейших гуманитарных катастроф XX века. Как вы, западный, американский исследователь, объясняете студентам советскую и российскую ситуацию молчания вокруг Блокады, когда столько информации было закрыто? Пример из вашей книги – поэма 1942 года Зинаиды Шишовой «Блокада»: ее радиотрансляция была прервана, потому что вызвала нарекания у идеологов из Москвы.

– Когда десять лет назад в результате своего впечатления от выставочки «Блокадный дневник», я стала ходить по архивам, никто ничего не закрывал. Все про меня понятно: я – такой странный гибридный персонаж, здешняя, но при этом ID, документик, с планеты Альдебаран. Все меня пропускали: «Садись, читай!» Все везде лежит, оно только идеально невидимое. Интересный разговор на самом деле про «невидимость» этого явления и «невидимость» того, что пришло позже: И, конечно, о Блокаде сегодня мы говорим исключительно в связи с этим загадочным «Ленинградским делом», их не отнять друг у друга, это одна цепочка ужасных событий. И когда я читала свой первый курс о Блокаде в Гарварде, он так и назывался печально: «Ленинградские дела».

В Блокаду человеческое существо показало свои неожиданные качества. И все пережившие про это знают, все про это молчат, потому как говорить очень трудно, а потом все про это начинают не знать, потому что память уходит и особого желания заниматься этим у «нормального» человека нет, потому что страшно очень. Для того чтобы этим заниматься, нужна специальная культура памяти, и тогда ты узнаешь какие-то совершенно трогательные странные прекрасные вещи об этих людях, которые там в Блокаде оказались. У меня в основном архивные занятия, я общаюсь с текстами, но я немного общалась с 90-летними – в Блокаду они были очень молоды и в каком-то смысле сверстники тех, кому адресована наша хрестоматия. Кстати, в хрестоматии есть работы Елены Мартиллы, блокадной барышни, художницы, и они мне кажутся удивительным символом: она подросток, однако, все понимает и видит какие-то сложные, мучительные вещи. Миша Тихомиров в дневнике говорит: «Не хочу навязанного звания героя», а он – младше моей дочери Фроси сейчас. Если юные люди понимают такие вещи, на них как раз и приходится рассчитывать.

Возвращаясь к вашему вопросу: разговор этот, конечно, о тоталитарной системе, о том, чем занималась, например, моя любимая яростная Ханна Арендт, про которую я все время думаю именно в связи с Гинзбург – бывают такие безжалостные умы, которые не могут, не умеют останавливаться. Арендт писала, что тоталитарная система – особенный зверь, который невероятно себя защищает, спасает, лелеет. История Блокады – среди прочего, история советской системы привилегий. Когда-нибудь, очень хочется надеяться, историки и социологи именно этим будут заниматься: какая система привилегий была высвечена и сохранена блокадной катастрофой? Один из самых популярных топосов блокадного описания – сцена в бане. Уже весна 1942 года и в баню приходят дистрофики – и в этом описании появляется прекрасное здоровое человеческое тело. Это приходит помыться либо сотрудница Смольного, либо подружка сотрудника Смольного, скажем. И вот они смотрят друг на друга и сколько уровней стыда, ужаса, самоотрицания возникает в этот простейший физиологический момент. Кстати, у Берггольц есть совершенно удивительное описание бани. Берггольц – это, среди прочих ее жизненных ролей, роковая красавица, которая оказалась в аду, и она постоянно пишет о телесном, крайне ее занимавшем. Вся блокада про физиологию, социологию физиологии даже… Но про это, я полагаю, советской власти было несколько неловко разговаривать – гораздо проще выдать значок героя, знак. А разговаривать, почему в городе было столько всего разного… Карточка иждивенца не значила ничего, кроме смертного приговора, а при этом всем, кто имел отношение к идеологической элите, был выдан билетик на жизнь. Я полагаю, власть не была готова широко это обсуждать, это была тайна для внутреннего пользования. И для того, чтобы сегодня об этом говорить, надо очень серьезно заниматься природой советской власти. А готово общество к этому или нет – наш с вами общий вопрос. С американскими студентами это обсуждать возможно.

То, что Блокада до сих пор в каком-то очень интересном смысле в городе припрятана, – наша беда и наша вина. У меня была замечательная учительница в школе, такая мудрая, малюсенькая, которую я все чаще вспоминаю, сама став училкой. Когда очередной несчастный разбивал окно или что-то такое совершал, она говорила: «Это не его вина, но его беда». В последнее время по роду своего занятия я много думаю о категории ответственности. Что отличает нас от блокадников? Мы – в порядке, а они – нет, нам нечего сказать в свое оправдание, им было сложно – нам не сложно по сравнению с ними. А еще важно, что наступило время нашей ответственности и незнание, забывание, нежелание вспоминать – это именно наша беда и наша вина.

Замечательно важно, что этот разговор происходит. Происходит он, на мой взгляд, все еще недостаточно отчетливо, громко и публично. На вкус американского исследователя, которым я являюсь, должны быть открытые городские дебаты с участием многих ученых разных национальностей и разных дисциплин – петербургских, московских и западных, американских, немецких, английских... Много чего интересного можно было бы придумать, создать, уточнить. Хотя приходится себе сказать, мы уже упустили возможность спросить блокадников, как же они совершили невозможное: настоящего исследования, широкого, объемного и объективного не произошло. Собственно, все, что нужно знать про Блокаду: ни один человек там выжить не мог – на тех условиях, которые были предоставлены советской властью, которая, в свою очередь, была поставлена в ситуацию кризиса нацистской армией. И тот чудовищный «контракт» между двумя властями и привел к этому аду. Выжить не должен был никто, кроме тех, кто имел доступ к привилегиям. Но выжили и другие, и детей спасли, и себя спасли, и библиотеки спасли – что-то невероятное...

И казалось бы самой прямой ответственностью детей было спросить, как же вы это сделали? Но дети этого не сделали, и внуки тоже, в общем, и теперь время правнуков. Но все упущено – они ушли. Ушли в основном, не рассказав свою историю по очень сложным, но и понятным причинам. Никто такое особенно вспоминать не хочет. Как часто слышишь: «Мои бабушка, дедушка, родители соседи... пережили Блокаду, но с нами об этом не говорили никогда...» Нужно быть бесконечно благодарным, тактичным, нежным, честным, но и осторожным, чтобы тебе рассказали такую историю: ведь обращение к такому прошлому ранит и лечит одновременно, вот в чем парадокс. Советское общество особой нежностью и честностью не отличалось. Мы остаемся в пикантной ситуации – почти без послеблокадных свидетельств, но с огромным количеством блокадных свидетельств, потому что в Блокаду писали невероятно много (нам еще нужно понять, почему же так много писали). Воспоминаний не так много, и они очень плохо опубликованы.

Поэтому я все повторяю с известным угрюмым упрямством: так важно, чтобы был институт по занятию архивной памятью. В то время как я понимаю, есть специальная задача сделать это красивым, возвышенным и, наверное, все это важно… Относительно недавно был очередной блокадный день и в центре города раздавали гречневую кашу. Власти города решили, что для воссоздания блокадной ситуации, чтоб люди поняли, как трудно было жить, нужно раздать им гречневую кашу. А раздавать должны были куски книг, чемоданов и обойный клей для слизывания. Если бы попросили есть книги, наверное, на секунду возникло бы какое-то впечатление… А так знание уходит с дикой скоростью и вместо него возникают нелепые мифы. Я все тюкаю как дятел: пожалуйста, дайте компьютеры, сканеры, пока по всему городу, во всех архивах, школьных музеях, во многих семьях лежат блокадные дневнички, нужно отдать себе отчет, что в городе существует этот удивительный пласт памяти, и его нужно хранить.

– По какому принципу вы отбирали материалы для хрестоматии? В предисловии вы говорите, что в ней есть как опубликованное, так и публикующееся впервые. Тут свидетельство Лидии Гинзбург и дневник блокадного школьника.

– Вопрос отбора материала – самый естественный и самый сложный. Я исходила из мечты: если когда-нибудь в городе будет блокадный музей, там будет книжный магазин и мать, пришедшая туда со своим подростком, отец, пришедший со своей отроковицей, спросят: «А можно одну книгу?..» У них, может, будет не очень много денег или времени. Одна книга, которая только НАЧИНАЕТ разговор о Блокаде, начинает путь к вопросам о Блокаде. Вообще-то уже существуют сотни современных публикаций, посвященных Блокаде, работают замечательные команды, мощная команда занимается Берггольц, филологическую работу по Блокаде осуществляют Громова, Соколовская, Сажин, Позднякова, Воронина, среди прочих… В свое время была очень важная команда, которой руководил Сергей Яров – самый преданный, неистовый, деликатный исследователь блокадного свидетельства, блокадного текста, который, кстати, от этих занятий своих и сгинул, как бы сакраментально это ни звучало. Работают историки, в частности, команда Никиты Ломагина, есть замечательные молодые историки, этого мало, но это есть, и это очень радует.

Как это все выбиралось? Литература блокадного свидетельства – огромное явление, и в этом разнообразии много всего. У нас есть великие писатели, и что тоже важно, их величие проявилось как в какой-то химической среде – в Блокаду. Гинзбург не могла написать свой роман до Блокады – при всем своем блеске она не могла проявиться, язык не становился собой. Приходит ад, и Гинзбург постепенно начинает писать – все это заняло у нее, как мы знаем, сорок лет. Мне кажется, то, что у нее получилось, – одно из самых сильных явлений русской литературы вообще и главное, такого раньше не было. Также существует удивительная поэзия, в которой были Гор, Зальцман, Гнедич, Крандиевская, Шефнер... Причем это как будто стилистически разные планеты. В свидетельствах школьников иногда мы видим не только блеклый простейший ад опыта, но замечательное выражение личности. Нужно было выбирать буквально из сотен дневников. Для хрестоматии я выбрала дневник удивительного мальчика Миши – видно, как у него душа зреет и мужает. Ему исполняется 12 лет – и его убивает осколком. Вопрос, что такое свидетельство и какое оно имеет отношение к литературе – очень интересный, над ним настало время думать. Кроме того была идея сделать книгу интересной для 18-летних.

– *То есть вы сразу хотели сделать книгу для подростков?*

– Мне почему-то ужасно хотелось сделать книгу для молодого читателя. Это связано с массой всяких обстоятельств, в частности, с тем, что я – училка, преподаватель в Штатах. Я постоянно общаюсь с 18-летними, мне невероятно интересна эта категория читателя. У меня еще несколько особая ситуация: студент ко мне приходит только потому, что почему-то ему/ей захотелось/нужно читать Чехова. А ведь это ситуация абсолютного непринуждения. Почему 18-летнему американцу так срочно нужно читать Чехова?.. Это тоже вопрос.

За те несколько месяцев, что прошли с выхода хрестоматии, мне говорили: «А ты хотела, чтобы наших школьников заставляли читать Гинзбург? Чтобы их тошнило не только от Достоевского и Пушкина, но и Гинзбург в это число включить? В этом твоя задача?» Нет, честно говоря, моя задача все-таки не в этом. У меня мечта, что эта книга будет использована на факультативах в каких-то школах, в каких-то кружках... И что еще для меня было важно, и Илья очень мне в этом помогал и произносил, что читатели узнают эту историю в известном смысле не от меня и не от него, наша главная задача: чтобы говорили ОНИ, блокадные свидетели. Что это не наше объяснение, не учебник и не «Блокадная книга» Гранина и Адамовича – при всей ее огромной значимости для того момента, ценой ее выхода оказался специальный тон объясняющего: а теперь, дружок, мы тебе объясним, что же там произошло... И это то, что сейчас, как мне кажется, категорически не надо: дружку надо дать читать самому.

– В хрестоматии есть ваше предисловие и своего рода введения перед каждым из четырех разделов. Вы подумали, что взгляд читателя все-таки надо направить?

– Да, по паре страничек мы решили дать. Сейчас какие-то беседы вокруг хрестоматии интересные происходят и говорят, что этого как раз недостаточно. То есть это тоже спорный момент. Что еще можно было туда включить в качестве аппарата? Это интересный вопрос.

Еще одним измерением этого проекта было показать литературное текстологическое блокадное свидетельство. Находясь в этом городе, люди писали так-то, так-то и так-то – такова была жанровая природа их письма. Люди бесконечно писали дневники, стихи и то, что мы называем записками – фактически лишенное связанности, цели, эффективных персонажей колесо обозрения. Когда ты обозреваешь, не выстраивая сюжета. Мы только сейчас пытаемся понять, что такое русско-советская литература XX века. На одной лекции меня попросили объяснить, что такое явление – Геннадий Гор. Все места в пантеоне были вроде заняты: сидят Мандельштам, Пастернак, Цветаева, Ахматова, Хармс, Введенский, мы их уже в каком-то смысле приняли, и вдруг входит совсем другой поэт, с этой своей несчастной тетрадочкой, из которой он никому не может прочитать ни слова, и вдруг среди букв начинается, мне кажется, движение, какой-то новый переговор, не знаю. У нас, оказывается, была поэзия свидетельства такой степени эффективности, такой степени прямоты разговор о зле и смерти, и нам это новое сообщает о том, как было устроено тело русской и советской поэзии. И все это происходит у нас на глазах, и теперь мы должны заново рассаживать поэтов на Олимпе. И все это должно нам напоминать только об одном – о том, ЧТО до нас не дошло, как сказала однажды мой замечательный друг, внучка поэта Павла Зальцмана. Мы не знаем, сколько было народу в этом городе, сколько умерло, и никогда не узнаем. И когда все говорят: нужен музей, нужен памятник, музей, памятник... Интересный вопрос: как сделать памятник отсутствию, пустоте, смерти, молчанию?.. Наше незнание того, что произошло, огромно, и очень хотелось бы, чтобы юные люди постепенно включались в этот разговор.

– Вы видите эту книгу именно для юных, для самостоятельного чтения? Видите ли вы ее как начало для семейного объединяющего разговора?

– Объединяющего или разъединяющего... В этом смысле особых иллюзий у меня нету. Мне бы очень хотелось, чтобы какие-то беседы происходили. В прошлом декабре я читала лекцию в московской Вышке и потом ездила в Питер в Классическую гимназию, где были студенты, школьники, гимназисты и учителя, все очень замечательные, и я думала, глядя на них, что такие беседы, какой-нибудь факультатив был бы совершенно естественен. Из разговоров с Ильей я знаю, что откликаются многие учителя и библиотекари.

Мне хочется думать, что хрестоматия – это и свобода, и несвобода в том смысле, что если тебе невыносимо с учениками читать Гинзбург, то, может быть, ты сможешь с ними читать замечательные, на мой вкус, записки Пантелеева. Гинзбург – человек идеально безжалостный – к себе, к системе, она не знает желания смягчать удар, она – хирург по устройству своей души, своего ума. А Пантелеев все время про жалость, жалостность. Не хочешь читать Гора, он и сам себя читать не хотел, давайте читать удивительное явление и персонажа – Шишову, блокадного поэта, она пишет о сводящей с ума любви к своему мальчику, к своему сыну. В 10–11 классе возможен человеческий разговор на примере блокадных стихов о силе надежды: мой мальчик не умрет, и мальчик чудом не умер и прожил какую-то свою интересную жизнь, кстати.

– *Сколько лет вы занимаетесь темой Блокады?*

– Уже двенадцать. В каком-то смысле это ничто, и как это все измерить в человеческих годах занятий?.. Поэтому я все время говорю: должен быть открыт институт исследования Блокады. Должен быть фонд, должны быть аспиранты... Просто я говорю это из такого места культуры, где это самая тривиальная вещь на свете. Можно верить или не верить в либеральные ценности, можно постоянно подвергать их критике, ставить вопросы, и это мне очень, кстати, симпатично. Для того чтобы в России возникла критика, должна возникнуть институция. Должны быть школы, места, где люди это обсуждают, куда я приношу хрестоматию, сделанную с Ильей Бернштейном и его командой, и мы говорим, что там так, а что можно сделать по-другому и какая будет следующая хрестоматия. Я всячески открыта этому разговору: в нашей хрестоматии нет ничего идеального, но вот что самое главное – очень хочется надеяться, в ней нет ничего конечного. В каком-то смысле эта хрестоматия – шаг, за ней должны появиться другие. Как на выбор американского читателя: самые разные хрестоматии об американском рабстве или о Холокосте или... Как всегда бывает, когда книга выходит и уходит, ты думаешь, что ж я, такой-сякой, вот это упустил: вот сейчас я мучаюсь, что ж я не включила записки Евгения Шварца, его блокадные наблюдения совершенно уникальные... Блокадный материал столь огромен: есть масса разных способов работать его, прикасаться к нему.

– *Раз вы так долго работали над блокадной темой, многое, наверное, стало для вас открытием.*

– У меня были сплошные открытия. Меня часто спрашивали: как ты сочетала опубликованное/неопубликованное, известное/неизвестно?.. В общем, тут материалы ранее опубликованные, но неизвестные, ведь все это является недочитанным, непрочитанным, не пропущенным куда-то или через себя. Есть том блокадной прозы Гинзбург, подготовленный Зориным и Эмили ван Баскирк и опубликованный Андреем Курилкиным в «Новом издательстве». Но сколько людей смогли/захотели его прочитать и что произошло дальше? Ни в какие программы – ни школьные, ни университетские – эта книга не вошла, а осталась интеллигентским заветным знанием очень малого количества условных «нас». В качестве общей боли, изучаемого языка в общество не просочилась. И это, на мой взгляд, одна из причин того, что сегодня происходит в российской политике и в обществе: это вот я сейчас видела клип, как морских котиков заставляют «плясать» в касках и с игрушечными ружьями. Может, кто знает, они бы скажем, прочитав всерьез тексты Гинзбург и Пантелеева не стали бы рядить котиков… Степень милитаризма достигла какого-то невероятно возбужденного состояния. Хочется спросить: ребята, вы вообще знаете, что бывает, когда война бывает? Вот когда война бывает, у вас миллион от голода по квартирам лежит и умирает. И никто не придет и не поможет, никто – до весны. Блокада – это про отношения с государством и сегодня.

Хочется, чтобы другой разговор зашел, но для этого должно быть какое-то общее желание, общая инициатива. Я живу в дивном университетском городочке Амхерст, здесь два крупных института по занятиям геноцидом. То у нас лекция про Руанду, то про Голодомор, то бесконечные конференции про Холокост с самыми мощными учеными со всего мира… А в Петербурге нет толком сейчас ничего… При том что да, существует все-таки «Мемориал» – хрупкий, постоянно ранимый и гонимый. Хотя мы понимаем, что Блокада и ГУЛАГ, основная забота «Мемориала», – абсолютно связанные темы, мы еще совсем не понимаем, не совсем изучили, как они связаны. Советская власть устроила в городе ад в частности в ответ на собственный непрофессионализм, не смогла защитить город, прекрасно понимая к чему идет дело, хотя бы чуть-чуть ввезти еды, не смогла распределить еду в первые недели Блокады, ничего не смогла/не захотела/не посчитала нужным. И тогда система стала действовать известным ей способом – то, что называется, биополитическим: выбирала, кого кормить/кого не кормить, кого обрекать на смерть, а кого спасать. И это все очень похоже на систему трудовых лагерей ГУЛАГа: кормить тех, кто в системе, и тех, кто еще может работать, остальные исчезнут – и они исчезли. Где конференции, где исследования про связи двух немыслимых катастроф советского века, которые слизнули значительную часть населения, обратили в немой прах?.. Конечно, какие-то попытки есть и замечательные ученые есть, но разрозненно и несистемно. Я могу, каждый исследователь может упорно называть блокадные темы, которые никто еще не трогал, а которые огромны, важны. Я очень жду, например, когда придет человек – а лучше бы команда – для серьезных занятий историей блокадного радио и блокадной цензуры. Тогда-то нам откроются невероятные чудеса: как действовала и бездействовала информация в городе. Наша маленькая хрестоматия – маленький камешек, намек, сообщение, что существовал огромный архипелаг, и вот он уходит куда-то во тьму. И от нас зависит, уйдут ли они все в забвение – или все-таки мы немножко про другое.

– *Скажите, а были у вас камертоны, ориентиры в этой работе, или примеры как не надо или вы просто делали так, как вам казалось нужным?*

– Большим источником знания и веры был для меня рюкзак моей дочери Фроси. Рюкзак твоего ребенка – это место, откуда ты выбрасываешь вонючие яблоки, с ужасом там их обнаруживая. Так же оттуда падают книги, которые они в школе читают, и я с большим интересом стала их смотреть. Ридер (reader), хрестоматия, – это классическая форма организация знания. У них есть ридер по рабству, как я уже говорила, – это самая болезненная американская тема. Все мы понимаем, что рабство не кончилось, что оно строит и разлагает общество сегодня. Я увидела, что у 13-летней девочки в школе есть предмет – обществознание, и по нему они читают, обсуждают, пишут сочинения. А в ридере по обществознанию рассказы американских чернокожих рабов, бежавших/не бежавших – ИХ речь об их опыте, их боли. Я подумала: «Как же это замечательно!» В связи с тем, что в данный момент в США довольно своеобразный президент, левая публика очень волнуется, поэтому все время говорят об эмигрантах и эмиграции. Целые полгода в школе речь об эмиграции, что меня, по понятным причинам, очень даже умиляет. Есть ридер по эмиграции тоже… И это часть интеллектуальной жизни школы, и это меня вдохновляло.

В нашу хрестоматию мне необходимо было включить то, что мы называем «петербургским текстом» – Гинзбург, Зальцмана и так далее, но тут и блокадные школьники рассказывают свои истории. Если бы пара этих текстов была включена в школьную программу… Как просто, ясно и страшно говорят школьники. И ничего там нет такого, чего нельзя понять без меня и каких-то хитрых комментариев исследователя. Есть страшно хочется, хочется к маме, хочется читать, кто я, где я, зачем я, что ж со мной сделали, кто со мной сделал это? В этой хрестоматии есть текст, который наследники дали только для нее. Жил в Блокаде очень юный человек по имени Виктор Торкановский, пытался, как все они, выжить, в итоге выжил, потому что смог работать переводчиком – смог использовать свой немецкий язык. В его воспоминаниях описывается эпизод, как он идет арестовывать свою учительницу немецкого. И вот так я узнала, что стало с большинством этнических немцев в Ленинграде – их вывезли умирать от голода, их голодом заморили (а это все были немцы второго, третьего поколения…) В этих воспоминаниях есть момент, как он ей одеяльце пытается всучить, понимая, к чему все идет, и тут его начинают бить, и на этом история заканчивается. А потом уроки этой учительницы спасают его – и в смысле поворота сюжета это Гюго или Диккенс. И он уже стариком рассказывает эту историю, он никогда не смог ее забыть. Если эту историю раскрыть на уроке – сколько всего можно рассказать!..

– *Какие публикации о Блокаде – свидетельства, исследования – вы считаете самыми важными на русском и других языках? Что сегодня является основой знаний о Блокаде?*

– Замечательный, очень важный вопрос. Пока этот курс не преподается нигде. Европейский университет на каком-то непонятном положении. Никто еще не озвучил необходимость, чтобы история Блокады или культура Блокады были превращены в курсы со своим списками литературы. С одной стороны, есть бесконечное количество свидетельств и дневников, а с другой, документы, собранные командой Никиты Ломагина в сборниках «Неизвестная блокада», но он сделал и более того (кстати, в Йеле это издано совершенно потрясающе). Есть интервью с выжившими – команда Сергея Ярова успела немножко их проинтервьюировать. Достаточно большое в процентном отношении количество исследователей служит в Европейском университете. У каждого из них своя история, и каждый раз каким-то чудом на исследования им удается находить средства и силы, и время. Например, когда с Рейтблатом и Поздняковой я работала над загадочным, странным, сложным и прекрасным дневником Софьи Островской, с его удивительной блокадной частью, нам помогало, нас содержало «Новое литературное обозрение», также издавшее поразительный дневник Шапориной. Нет никакого института, зонтика, который бы все эти работы, скажем, курировал... Когда зашел разговор с Ильей Бернштейном об издании этой книги, для меня это была огромная помощь, потому что у Ильи своя команда профессионалов. Хрестоматия – это всегда, в частности, очень сложные поиски наследников, поиски тех, кто будет работать с авторским правом...

Обязательно надо говорить о том, как работала партия, и это очень сложно, это контроверза – там очень много всего. Есть ученые, которые всем этим занимаются. То, за что я могла бы отвечать чуть-чуть – это культура. Последние два месяца я провела за исследованием блокадной открытки. Через блокадную открытку ты можешь понять, что было с людьми. В городе нет электричества, нет света, нет ничего, а выходят открытки волшебной красоты. Что это значит? Что кто-то кормит эту открытку, кто-то стоит за этим. За этим стоит Смольный, издательства, люди, которые достают из тьмы умирающих художников, и тут совершенно особенная история, как спасли Остроумову-Лебедеву и других. Очень важно исследовать тему блокадной пропаганды. Лежит черный город, умирает, а при этом в мире культуры этого города происходит что-то невероятное. На эту тему книг еще совсем мало. Есть моя американская книжечка, появляются диссертации – и в Петербурге тоже. Есть прекрасно изданные дневники – например, Сажин подготовил дневник Любови Шапориной для «Нового литературного обозрения». Есть аппарат, сделанный Баскирк и Зориным к изданию Гинзбург. 10-15 книг очень важных уже существуют, с них можно начинать.

– *Отличается ли ракурс зарубежных исследователей?*

– Для меня нет ничего святого. Мне столько раз это в лицо говорили, и я решила проникнуться этой идеей. Говорят, что я вхожу туда, куда нельзя входить, потому что там должно быть молчание – и это форма национального достоинства. Для меня молчание – форма трусости и, скорее всего, предательства, преступно связанных с защитой того, что якобы не должно выходить на свет. Я была на конференции, посвященной «показательному» нацистскому лагерю Терезиенштадт, который должен был продемонстрировать миру, как чудесно живется в концлагере, а потом всех, кто там был, уничтожили, конечно. С одной стороны, это был показательный лагерь и театр, а с другой, там была жизнь концлагеря: с голодом, эпидемиями, издевательствами, проституцией. В ситуации голода, когда у кого-то есть излишек хлеба, а кто-то умирает от голода, всегда будут возникать специальные экономические отношения. О подобных аберрациях во время Блокады речь даже не заходит: «Как можно вести такие мерзкие речи в сакральной зоне?» При этом совершенно ясно, сколько всего там было несакрального: например, роман Анатолия Дарова «Блокада» (1946) много о чем рассказывает, в частности, о проституции (в своем начале он был создан в блокадном городе, а потом Даров его переписывал десятки лет). Мне всегда кажется, что призыв об умолчании исходит от власти и от сытости, которым выгодно покрыть молчанием и позолотой историю превращения людей в нелюдей.

Говорить о том, что власть с нами может сделать, если ей позволить – очень увлекательно и полезно. Почему я западный ученый? Я по-английски читаю свою литературу. Я бесконечно читаю то, что произвели занятия Холокостом.

Там все подвергается вопрошанию, и с этой очень тяжкой точки зрения я смотрю на «своих». И тут встает вопрос об этике... Я тут мучительно писала рецензию на книгу Ярова об этике. Яров очень много сказал, он сказал, что Блокада – это ад, устроенный двумя тоталитарными системами. Но он сказал, что о чем-то не надо говорить: а сейчас, пожалуйста, отвернемся. А вот Лидия Яковлевна Гинзбург говорит: а теперь давайте посмотрим на мою душу, вот она какая жалкая стала из-за Блокады. Смотреть на душу, с которой сделали такое, полезно – такое с любой душой можно сделать в любой момент. Посредством издевательства над телом, в частности. Для меня нет ничего, к чему нельзя применить вопросы. Категория сакрального мне отвратительна.

– *Готовите ли вы новые работы на тему Блокады?*

– Идет разговор о том, чтобы перестроить на русский лад мою монографию, которая вышла по-английски, в которой я написала о том, какого рода отношения связывали блокадника с городом. Что это за удивительная мучительная таинственная связь любви? Под любовью я подразумеваю внимание. Почему они все прямо помешались на своем чувстве к городу, глаз не могли от него оторвать?

– *В предисловии к хрестоматии вы говорите, что «рассказать Блокаду невозможно», как сейчас оцениваете результат?*

– Замечательный вопрос, потому что все время кажется, что ничего не получается. Позавчера я пила кофе с Ириной Сандомирской. Это автор важнейшей для меня книги – «Блокада в слове». Ужас, прелесть и важность философа Сандомирской для меня в том, что она не боится задавать самые неудобные вопросы. Когда мы делали антологию неофициальной блокадной поэзии, она все время спрашивала: «А почему это про это надо писать стихи? Почему эти стихи важнее, чем не-стихи?» И для меня этот вопрос важен: почему в ситуации исторической катастрофы искусство (свидетелей) важнее, чем не-искусство? Правда ли, что искусство важнее, чем не-искусство? В чем особенности катастрофического искусства? Весь этот процесс вглядывания в такой материал кажется совершенно бесконечным. Для меня качество этого процесса в сложности и остроте вопросополагания.

Вопрос, который занимает меня в связи с Холокостом, но не только: а как сегодня мы можем об этом говорить – не только как ученые, но и как люди практикующие культуру, как поэты и писатели? Какое право я имею об этом говорить? Какое право я имею говорить об этом так-то и так-то? А если я не имею права, могу ли я об этом говорить? Все это вопросы этики работы с катастрофой. Ты просто идешь и думаешь: этот вопрос тебя еще куда-то продвинет? Немножечко осветит путь к пониманию их невероятного опыта?

– *Свою задачу вы видите в том, чтобы поставить вопрос?*

– Да. Наша хрестоматия, может быть, несовершенный, но настойчивый инструментик учения. Когда я прихожу к своим студентам, я им говорю: «У меня мало ответов, но мы вместе постараемся научиться задавать вопросы, которые имеют отношение к предмету и благодаря которым предмет в каком-то смысле оживет».

Дырка к морю[1]

Ключ выдается сразу – «ленинградский ребенок». Что это? Существуя как сумма смутных ощущений и картинок памяти, это свойство тем не менее шире (и одновременно до болезненной остроты у́же) обычного психогеографического шибболета. Думаю, что «московского ребенка», «свердловского ребенка» и т.д. не существует. (И думаю, что думаю я так именно потому, что я – «ленинградский ребенок».) Подозреваю, что ребенок этот скорее климатический феномен, но не в отношении пресловутой ленинградской «синюшности», а в том отношении, в котором климат здесь связан с «мозгом костей», с тем морозом, мразом недавней истории, что до этих костей пробирает. Говоря проще, мое ленинградское детство – это какая-то «ночная зима». И я уже слышу: и мое, и мое, и мое… Слышу из пятидесятых, шестидесятых, семидесятых, восьмидесятых. А зима – это блокада. Черное зимнее утро с привкусом сырого металла и ванили в воздухе – это блокада. Высокие, в четыре ряда, дидактически горящие окна школы – это блокада. Ледяная корка на вытянутых коленках штанов и гороховом пальто – это блокада. Настольная лампа, дважды повторенная в голых ветвях за окном, – это блокада. Снег, летящий мимо бетонного фонаря, – это блокада. (Но вот сияющая льдом Нева за эрмитажным окном почему-то совсем не блокада.) А может, оно, это детство, потому и «ночная зима», что оно – блокада… О чем я говорю? О том странном знании, когда, ничего не зная об ужасе, знаешь о нем всё. И именно это ничегонезнание – залог твоего всезнайства. Прямая наследственность. Тяжелая. Дурная. С другой стороны, что значит

[1] Интервью дано Улдису Тиронсу для сетевого издания Rīgas laiks, зима 2018/2019, Амхерст–Санкт-Петербург
https://www.rigaslaiks.ru/zhurnal/besedy/dyrka-k-moryu-19725

«ничего не зная»? Все знали всё (по крайней мере, о себе). Скупо, но рассказывали. Эта история была и осталась семейной, за-дверной, личной до скупости, до невыносимости сора из избы. Именно так всезнание обернулось ничегонезнайством, ниче-гоненадознайством. О чем и говорит Полина Барскова. Она хочет, чтобы всё знали все. Она думает, что это что-то изме-нит, даже если этого никогда не произойдет. Она – типичный «ленинградский ребенок». Игорь Булатовский

– *Скажите, есть ли что-либо общее между Амхерстом и Питером?*

– На самом деле между Питером и здешней местностью общего для глаза не так уж много. В каком-то смысле в Амхерсте все напоминает, что ты не в Питере, и это отличие как-то выстраивает твою жизнь. Зато иногда Амхерст напоминает какую-то дачную местность. Как каждый ленинградский ребенок, я в разных ситуациях оказывалась на дачах, а также несколько лет подряд – в пионерском лагере с фантастическим названием «Юный дзержинец».

– *Это от какого слова?*

– От слова Дзержинский, Феликс Эдмундович. Это не так просто выговорить. Мой папа Юрий Константинович Барсков, человек, с которым я выросла, преподавал в педагогическом институте, будучи востоковедом, бирманистом. Папа и мама долго жили в Рангуне. У них обоих достаточно печально сложились карьеры. Я бы сказала, что совсем не сложились. Отчасти в связи с их политическими ситуациями. Они не были диссидентами, но никак активно сотрудничать тоже не хотели. Папу не взяли в университет, а взяли в педагогический институт имени Герцена, и за этим педагогическим институтом приглядывала та организация, пионерский лагерь от которой назывался «Юный дзержинец».

– *Это был пионерский лагерь для юных кагэбэшников?*

– Да!

– *Это как-то выражалось в играх? Нужно было доносить на товарища? (Смеется.)*

– Я там была шесть лет с июня по август, то есть большую часть своего детства, у меня было достаточно возможностей за этим наблюдать и про это думать. Я даже как-то об этом писала. И поскольку, как показало будущее, эта организация оказалась невероятно важной и живучей, прямо удивляешься, какой бардак был в этом пионерском лагере. *(Смеется.)* Там все было поразительно легкомысленно устроено. В частности, важным событием в моей жизни было то, что в заборе была огромная дырка.

– *Забор был бетонный?*

– Нет! Из проволоки. *(Смеется.)*

– *А башен не было сторожевых?*

– Была одна башенка. Я на ней провела немало времени. Это была такая башенка возле воротец, где мы дежурили и где открывался вид к железнодорожной станции, откуда шли родители. Это был самый желанный пункт наблюдения. Но не так уж часто лично ко мне родители шли, поэтому дырка для меня оказалась гораздо более...

– *Куда вы через эту дырку лазили?*

– К заливу! Самое замечательное и удивительное, что меня никто не отлавливал. Я много времени провела, разгуливая возле Финского залива. Надо сказать, это была хорошая часть всего этого меланхолического времяпровождения. Вообще Новая Англия похожа именно на природу вокруг Ленинграда – бедненькую и в своей бедности совершенно пронзительную. Когда меня спрашивают: «Как ты себя в Амхерсте чувствуешь?», я говорю, что мне кажется, что меня забыли на даче. У меня комплекс Фирса, или мячика, или велосипеда. Кого-то, кого не взяли в августе обратно в город. При этом главный смысл города для меня – это болтаться, бессмысленно бродить. В Амхерсте бессмысленно бродить можно по лесам и по пустошам. С местной профессурой – а это в основном все, с кем я здесь общаюсь, – очень принято наблюдать и слушать птиц.

– *Они не собирают грибы?*

– Не собирают. Когда здесь появились русские, естественно, они стали первым же делом изо всех сил собирать грибы. Но переломный момент наступил, когда в одной из семей была совершена роковая ошибка. Им попался какой-то лжегриб, и вся семья чуть было не исчезла. С тех пор доверие к грибам отсутствует. А еще я иногда думаю, что Амхерст – это своего рода Михайловское, потому что здесь жила, возможно, главная поэтка модернизма Эмили Дикинсон, и каждый камень, каждая собака, каждая птичка это помнит. Вообще во всех колледжах работали какие-то замечательные люди, замечательные поэты.

– *Но я хотел вернуться к этой дырке в заборе. Вы очень рано начали писать стихи. В этом лагере вы уже писали. И через дырку шли к морю. Что вы там делали?*

– Около моря я просто сидела и ела чернику из карманов. До подросткового возраста у меня все карманы были в лиловых пятнах. Для меня свобода – это смотреть на серое безрадостное море и есть эти острого вкуса кисленькие ягодки. Давить... Пару лет назад мы с друзьями поехали в Литву, в Ниду. Я там увидела этот лес и море и поняла, что ничего мне не надо, кроме как собирать чернику. Чтобы солнце падало и чтобы ты знал, что где-то есть море. Это было состояние, что ты пришел, что ты в порядке. Состояние, надо сказать, вполне утраченное. Что интересно, хотя мне уже было 11–12 лет в этом пионерском лагере, я не помню себя там пишущей. Но я помню себя там очень читающей. Например, каждую весну перед тем, как меня отсылали в этот пионерский лагерь, предчувствуя очередную катастрофу, я заучивала наизусть какой-нибудь «Камень» или «Четки». То есть у меня были очень прагматические отношения с Серебряным веком. Это был такой Брэдбери. Люди, которые запоминали книги наизусть, потому что знали, что их будут жечь.

– *Во время пионерской линейки или костра вы тихо читали про себя Ахматову?*

– Во время линейки и костра я полностью предавалась душой линейке и костру. Мне это все чрезвычайно нравилось. Притом что моя маман, из-за которой дом ломился от всех этих «Камней» и «Четок», с одной стороны, посылала свое дитятко в «Юный дзержинец», а с другой стороны, ни к чему этому не подключалась. И мне нужно было как-то самой пережить то, что я только что выучила все эти тексты, отношения с которыми у меня очень странные. Именно из-за того, что так дико и абсурдно рано я их все заглотила. Они как бы встали у меня внутри. Я никогда до совсем уже взрослого возраста не задавалась вопросом, понимаю ли я это или не понимаю. Может быть, это как-то очень странно или претенциозно, самонадеянно звучит, но я относилась к этому как к своей ноге, руке… При этом музыка, звучавшая на пионерских линейках, казалась мне прекрасной. Весь пионерский sublime казался мне удивительным. При этом довольно рано выяснилось, что у меня не только хорошая память, но я и специфически читаю стихи. Чему тоже есть свое объяснение. Меня стали заставлять на этих пионерских слетах читать вслух чудовищные тексты, которые мне выдавали, и я с абсолютным остервенением зачитывала. Мне это так нравилось! Мне кажется, во мне это все смешалось. *(Смеется.)* У меня случился какой-то заворот.

– *Как сейчас любят выражаться, когнитивный диссонанс.*

– Это не был диссонанс. Мне нравился Мандельштам и какой-нибудь Лебедев-Кумач. Это все как-то смешалось. Если представлять себе, что я, как каждый из нас, несу в себе какую-то историю, то в этой истории чудесным образом – как в зоопарке, а может быть, как в раю – соположены Анна Андреевна и страшно сказать кто. Они все во мне гуляли, и я гуляла вместе с ними. А если всерьез, то, наверное, главное, что в этом опыте была очень-очень прочная школа одиночества. Я чувствовала, что я на свете совсем одна.

– *Но вы все-таки участвовали в коллективных пионерских ритуалах.*

– Да, но это никак не влияло на ощущение, что ты с кем-то. Я чувствовала себя героиней. Мама отказывалась обеспечивать меня пионерской формой. Не понятно, из идеологических соображений или легкомысленных. Ей было лень и не до этого. А мне так нравилось, что у всех было белое, синее, алое. Галстук! Знамя! Мама мне всегда выдавала жалкую кофточку в цветочек. Этой дикой красоты не было. Я пыталась ее выпросить, потому что мне казалось, что это очень красиво. Именно в детстве. Теперь я пытаюсь объяснять американским студентам и коллегам, что я принадлежу к последнему советскому поколению. Причем интересно, что когда все это кончилось, я совершенно не расстроилась.

У ребенка очень быстро меняется психика. Но пока это все было, какие-то моменты невозможной красоты мне очень нравились.

– *Вам в пионерском лагере не казалось, что родители вас предали?*

– Нет. До этого родители так же отсылали меня на детсадовскую дачу.

– *Что такое детсадовская дача?*

– Детский садик на лето тоже уезжал на какую-то свою природу. Во время этих отъездов родители очень редко приезжали. Буквально раз за лето. Но, господи, когда я оказывалась на этой самой вышке, я помню, *как я их ждала*. Это такая чудовищная физическая интенсивность ожидания. В пионерском лагере, естественно, была библиотека. Я там умудрилась подсесть на лениниану, она была очень широко представлена. Я читала все что можно о маленьком Ленине. И мне так нравилась его семья! Семья Ленина казалась мне тем местом, куда неплохо бы попасть. *(Смеются.)* Особенно меня пленяла его сестрица Оля. Лет в 9–10 мне казалось, что хорошо бы в следующей или прошлой жизни – обратная такая реинкарнация – оказаться сестрой Володи Ульянова. Каким-то образом весь этот дрянной идеологический мусор очень поздней империи оказывался частью всего.

– *Что же вам нравилось в этой семье?*

– К разговору о том, не казалось ли мне, что мои родители меня предали, – у нас была очень своеобразная семья по разным причинам. Она была не очень веселая, и она была не совсем семья. И вот я придумала для себя в девять лет семью Ульяновых, где все были ужасно веселые и друг друга обожали. Эта моя фантазия длилась очень недолго, я полагаю, а потом в течение жизни придумывались какие-то другие семьи. Но я помню, что мне было очень уютно сидеть в этой библиотечке, там никого не было, кроме меня и какой-то унылой библиотекарши. Но это было место изобретенного покоя. Интересно, что скоро, в 84–85–86-х годах, все покатилось, и весь этот мир стал пеплом, а я вот вспоминала «Юный дзержинец» с дыркой в заборе. Была дырка, было чтение, были бесконечные разговоры и ощущение, что пионервожатые и более взрослые подростки все время предавались... Ведь там царил мощный эрос! Там все всё время говорили о сексе, как я сейчас вспоминаю. И без алкоголя тоже не обходилось. Это именно то, о чем пишут Кононов и Владимир Сорокин – о падении империи. О том, что все уже было с гнильцой. Бесконечные маленькие гипсовые Дзержинские в каждой аллейке, трое Дзержинских в столовой – это мир придуманный, воспетый.

– *Дзержинский с веслом?*

– Дзержинский с веслом, с горном – это можно развивать. Дзержинский с пыточными инструментами. *(Смеются.)* Как-то я там умудрилась выжить. Иногда я об этом думаю. Просто я общаюсь со своими друзьями из хороших питерских и московских семей, они смотрят на меня в диком удивлении. Обычно все ездили на дачи, там были дивные бабушки и соседки бабушек, хорошие еврейские дети. А я не была хорошим еврейским ребенком по ряду причин.

– *Однажды я писал эссе о Риге и нарисовал линии, обозначавшие маршруты, по которым я обычно двигаюсь. Есть на карте места абсолютно красные, на которых очень много линий. Есть места, где появляются редкие линии. Например, походы в больницу. Как выглядит карта города с точки зрения вашего личного опыта? Когда я читал про ваши молчаливые прогулки с отцом, я подумал, что, пожалуй, Питер тоже интересен для прогулок с отчужденным человеком.*

– Замечательно, что вы сказали слово «отчужденный», оно какое-то очень хорошее. Юрий Константинович Барсков не был моим отцом. Моим отцом оказался другой человек. И так получилось, что с человеком, которого я считала своим папой, у меня оказались не самые простые отношения. Мы были очень непохожи, совсем никак. Но человеком он был хорошим и как-то странно ко мне привязанным. *(Смеется.)* Как-то мы следовали друг за другом. В частности, были эти прогулки. Это специальный жанр, когда ты идешь и не говоришь. Сколько в жизни было прогулок, когда ты не помнишь особенно, где ты, потому что ты разговариваешь. А я была и с ним, и с городом, и с ними обоими было одновременно и уютно, и неуютно, и понятно, и непонятно. Как показала имеющаяся у меня для рассмотрения собственная жизнь, я даже не предполагала, какую страсть я испытываю к городу на Неве. Я не знала этого. Масса людей, которых я встречала на своем жизненном пути, обладают счастливой возможностью полигамных отношений с городами. В моем опыте все влюбляются в Нью-Йорк, Нью-Йорку почти невозможно сопротивляться. Ну или, раз уж мы заговорили о воде, Бродский себе заново придумал Венецию. Я ничего себе не смогла придумать, никакой новой любви. Амхерст у меня на правах какой-то странной железнодорожной станции, с которой, если поезд придет, может быть, в Питер и уедешь. Это Луга. *(Смеется.)* Я оказалась в Луге.

– *Есть еще такой город под названием Дно.*

– Я живу на дне. *(Смеется.)* Я очень часто бываю в Нью-Йорке, я бывала в завидных городах. Они прекрасны. Но, к сожалению, красота, прелесть, соблазн объекта не имеют ничего общего с нашей возможностью полюбить этот объект. А второй странный прогулочный комплекс произошел у меня с человеком, который сыграл важную роль в моей жизни. В каком-то смысле из-за него я и уехала. Случилась у меня в юности любовь. Этот человек был жителем Парижа. Я рассказываю о нем, потому что я впервые в жизни увидела человека, который был совершенно помешан на городе. Он был журналист, писатель. Мы ходили по Питеру, и он все время говорил о Париже. Дома он доставал альбом с фотографиями Парижа и начинал мне об этом рассказывать. И это меня впечатлило.

Но я понимаю вопрос о том, как моя личная карта устроена. У меня была специфическая карта в юности. Меня тянуло на станцию метро «Чернышевская», на Литейный проспект. Летний сад, Большой дом, Марсово поле. В двух шагах был дом Мурузи, где провел юность Бродский со своими друзьями. А тот дом, где я жила у друзей, оказался домом, где долго жил Самуил Яковлевич Маршак. В том доме, где я выросла, большую часть молодости провели Хвостенко и Волохонский. Эта часть города была моим домом. Если я думаю о том, есть ли у меня на свете дом, то это та часть Питера, где жили мои друзья, где прошла моя юность... Она была совершенно бессмысленная, я ничем не занималась – шлялась и писала. И еще очень жадно открывала для себя людей своего возраста. Детство и позднее детство, за исключением одной важной подруги, было кромешно одиноким временем. А лет в 17 вдруг явились друзья и Питер.

– *Возвращаясь к разговору о Ленине, слово «шлялись» использовала Арманд в переписке с Крупской. То ли Крупская, то ли Инесса писала, что вообще-то нужно было больше шляться. (Смеется.)*

– Но даже безотносительно к Инессе Арманд надо сказать, что мы тоже мало пошлялись. В моей американской жизни много сказочных элементов, просто проппковская морфология сказки: я преподаю русскую литературу в замечательном учебном заведении, мне дается возможность придумывать любые классы, какие я захочу. Из-за того, что я придумываю, в нормальных учебных заведениях вызвали бы скорую помощь. Но при всех этих чудесах случился торг. Пришел демон, злой волшебник, и сказал, что даст мне все это, но за это отберет у меня время, мое время. Время шляться, время ничего не делать, время смотреть на море. Время, которое мне кажется, к сожалению, совершенно необходимым строительным материалом для того, что я делаю. Для литературы необходима куча времени, которое можно убить, истратить. Вот этого не стало совсем. Это может быть связано и с тем, что мне не 18, а 40 лет и очень меняется давление времени. Тогда казалось, что когда-то наступит срок, когда-то нужно будет что-то сделать, когда-то придут за долгом, а сейчас можно садиться на трамвай, ехать на кольцо просто так. Это даже не совсем то, что Бодлер или Беньямин называл «фланированием». Фланер смотрит, он жаден. А я просто как сомнамбула отчасти провела свою юность. И мне кажется, что это было очень продуктивно. Меня все в юности считали выдающейся лентяйкой. Меня ставили в пример. Говорили, что вот у вас, Вовочка и Машенька, дела очень плохи, но бывает и хуже. И не дай вам бог, Машенька и Вовочка, стать как Полина. Я совершенно замечательно пять лет отучилась на классическом отделении университета, не делая вообще ничего до последнего курса. А сейчас я такой безумный трудоголик. У меня все время движутся, как в моем любимом фильме *Modern Times*, механизмы, и они куда-то идут. Зачем все это? А вот то сомнамбулическое время – я скучаю по нему.

– *Вы видели памятник, который Константин Симун сделал Бродскому?*

– Да!

– *Мне он показался просто изумительным знаком города, неожиданным. Конечно, это сделано по фотографии, где Бродский сидит на чемодане перед отъездом. А с другой стороны, это город, где у тебя нет места, твое место – чемодан.*

– Меня интересует тема памятников, как каждого русского поэта, начиная с Горация. *(Смеется.)* Но они мне интересны не столько в связи с ремеслом поэзии, сколько в связи с ремеслом размышления про историю. Еще один памятник Бродскому, который мне ужасно понравился, сделали остроумные литовцы. Это тень от стаканчика с водкой. Даже не сам стаканчик, а тень рядом с мостиком, где Бродский и его литовские друзья любили выпивать. Если не ошибаюсь, в Паланге. Абсолютная бесплотность этого памятника мне ужасно понравилась. Но вообще в связи с моими занятиями историей блокадного города мне интересна необходимость каждой империи строить памятники и превращать бесплотное в плотное. Конечно, это имеет особое отношение к блокаде, так как там именно бесплотное. Там плоть исчезла, и в следующие 60 лет из этого делался гранит, мрамор, золото. Бесконечные памятники, в буквальном смысле слова. И сейчас, когда опять происходят разговоры… Меня попросили поехать в Питер, чтобы показывать американским студентам-аспирантам, что в этом городе случилась катастрофа. Но как показать это в городе, который никакого отношения к катастрофе теперь уже не имеет? Можно ходить и говорить: «Смотрите, вот здесь висит памятная доска». Но мне это кажется очень ужасным. Сейчас это для меня один из самых интересных и важных вопросов – как оживить память?

– *Меня очень занимает тема пустоты и гранита, то есть тема блокады. И я удивился, когда узнал, что вы ею занимаетесь. Ничто не предвещало такого хода. Но тема вписывает-*

ся в наш разговор о том, что такое сохранить историю или хотя бы ХХ век, который до сих пор лежит на наших плечах.

Я совершенно согласна, что ничто не предвещало. Это в самом деле какая-то очень странная история про мою жизнь. Более того, за несколько лет до того, как со мной случилось занятие блокадой Ленинграда, я написала несколько стихов уже в весьма сознательном возрасте о том, что я не хочу заниматься коллективной памятью, я не хочу заниматься не своей памятью, я не хочу заниматься тем, чем занимаются другие. Каждый должен заниматься своим. Это было чем-то вроде манифеста. И вдруг меня туда устремило. Для меня занятие блокадой – это занятие моим городом. Это отношения с моим городом, которые мне пришлось прервать в 20 лет.

– Насколько я понял, основным импульсом для побега...

– ...стала смерть моего парижанина.

– В каком-то смысле город его убил.

– У меня было такое ощущение. Больше жаловаться было не на кого. Было ощущение, что город какое-то свое отношение с ним произвел. Сейчас выходит моя большая американская книга о блокаде. Но она специфическая, она об отношениях блокадников с городом, о том, как они воспринимали свой город. Основные материалы для этой книги – это дневники. В принципе, я занималась именно думанием о городе в самый страшный, интенсивный, невероятный момент его жизни. Блокадных дневников много. Некоторые из них замечательные. Одна героиня – автор дневника оказалась весьма популярной по ряду причин. Это Софья Казимировна Островская.

– Эта стукачка?

– Вероятно. Для меня дневник Островской стал огромным источником думания о городе. Но меня в этом сюжете интересуют малоизвестные люди. Забытые. Плохие. Жалкие.

– Вы прямо как Достоевский.

– Да! Униженные и оскорбленные блокадой занимают меня. Идея назначения главными героями сильно достала во всех смыслах.

– Вам бы тут Веничка был подмогой. Помните известное место в его поэме, где дедушка рассказывает о колхозном пред-седателе, который, описавшись, плачет в лодке и чирьи выдав-

ливает? И все кричат: «Где же здесь про любовь?» А Веничка говорит, что он понял дедушку, которому всех и вся было жалко.

– Вообще если уж оборачиваться на советский XX век, то там много можно говорить о чирьях, председателе колхоза, о тех вещах, о которых все это время было лень говорить. Оказывается, что читать эти странные дневники про поллюции, про страх, про праздники... Или как герой одной моей пьески – я притворяюсь, что у них там великая любовь, а на самом деле это люди, погибающие от дистрофии. Очень изысканные люди. Думать о том, как человек пишет дневник, когда у него ручки сгнили и замерзли... При этом из писем людей, которые находились рядом, мы знаем, что у него уже почти не работали руки. Январь 1942 года. И мне было интересно понять, как он пишет и почему он пишет. А он, юный гений, художник, умирает. Другими словами, меня ужасно занимает повседневность. Быт.

– *Есть книга о повседневной жизни блокадного Ленинграда...*

– ...Сережи Ярова! Сергей Викторович Яров – очень хороший читатель. Человек, который прочитал очень много блокадных дневников. У меня с ним был такой эпизод, который меня до сих пор не оставляет. Была я на конференции в Мюнхене, куда среди прочих приехал Яров. И как-то так получилось, что у него на какой-то момент конференции не пришел переводчик. Естественно, Яров ни бум-бум по-английски и по-немецки тоже не особо. Я ему говорю, давайте я вам буду на ухо переводить, ничего? Вместо этого он все время шептал мне. Когда речь заходила о каком-либо блокадном сюжете, он начинал мне шептать, в каких дневниках он про это читал. И я поняла, что передо мной существо, которое целиком состоит исключительно из этого. А через месяц он умер. Какая-то странная разновидность гепатита. Вот как можно умереть в современном мире от гепатита?

– *Можно. У меня один сокурсник тоже недавно умер.*

– А у меня создалось какое-то ужасающее ощущение, что его как будто съело.

– *Дневники эти и съели.*

– Да, вот это знание. Кроме всего прочего, он дико внешне изменился.

– Это хорошая метафора – дневники съели. Ведь есть такие очень личные вещи, фотографии чужой семьи или что-то такое, которые тебе не дают покоя. Они очень требовательные. Их нельзя забыть, если прочел.

– Мне очень нравится идея про требовательность чужого дневника. Про то, что однажды ты входишь с ним в отношения.

– Сколько лет ему было?

– Лет 50. До этого он был красавец писаный. Он был такой упитанный и сытый. А когда он умер, появились его фото. У него стала какая-то очень странная внешность. И то, что он в меня вливал свои годы чтения, – это меня...

– Как Данте, о котором говорили, что на его лице...

– ...отразились огни ада. Как бы пафосно это ни звучало, но я это видела. Среди многого, что я услышала про свое занятие блокадой, нормальная реакция спрашивать: «Господи, как ты можешь этим заниматься?» Сейчас это уже звучит игриво. Но когда я начинала этим заниматься, я точно знала, что это отдельная вещь и про это никакое творчество делать нельзя. По миллиону причин. Потому что это не я, потому что нельзя это трогать средствами эгоцентрического творческого аппарата. Но энное количество лет спустя моя система стала так работать, что у меня рот оказался не совсем в том месте, где должен быть рот. У меня просто хляби небесные. И я стала писать о том, что я много лет читала. Сначала я написала о женщинах вокруг Филонова, которые остались в блокаде после него. Ну и потом всякое, всякое, всякое. Тема эта языком советского учебника – «Маленькие люди блокады», у которых не было никакой возможности как-то прозвучать или о себе особенно сообщить. Это тема о том, можешь ли ты себе это позволить и что это значит. Была такая питерская барышня с очень хорошей литературной репутацией, писавшая модные питерские стихи, очень хорошо сделанные, вся такая приятная... И когда это все стало происходить, все эти отношения с блокадой, мне казалось очень диким и скверным, что я могу за этих людей говорить.

– «Барышня» – это вы?

– Да, это я. Я только что перечитывала по служебной надобности мой любимый роман Набокова – «Пнин». Там есть момент – Пнин перечитывает лекцию и понимает, что зал, в котором на самом деле сидят старушки, наполняется его мертвыми. Входят призраки, и он уже говорит с ними. Для меня Питер – это город призраков. Все-таки миллион в городе – это много. Если мы очень консервативно считаем, что миллион умер от голода, то это очень своеобразный город. И ведь это недавно! Я понимаю, что каждый город по своей природе кладбище. Но там это все случилось единовременно. И ведь у каждой гибели была своя повседневность, своя история. Когда я разговариваю с людьми, я говорю – да, блокада Ленинграда. Но, в принципе, мы говорим о вещи под названием «советский век». Я хочу понять эту самую страшную цивилизацию, которая вся про смерть. Про то, что ни одна человеческая жизнь ничего не стоит, совсем ничего. Она абсолютно взаимозаменяема. Она может исчезнуть в любую минуту, и от нее не останется ничего. Блокада – это только один из эпизодов, эпизод очень яркий, конечно. С моей точки зрения, которая не очень популярна, но и не очень оригинальна, блокада – это история не про фашистскую Германию, это советская история. Ведь то, что произошло в городе, и то, как власти отнеслись к ситуации, совершенно поразительно. Как они решили, что можно пожертвовать всеми. И это главная идея, которая привела ко многим последствиям.

– *Но власти же были в том же городе. И со своими распределителями.*

– Они жили совсем другой жизнью. Я не интересуюсь рассказами про персики. Свечку не держала, и документов про персики у нас нет. *(Смеется.)* Но то, что распределители были, – это правда. То, что с самолетов распределялась еда, – это так. Конечно, власти были в городе. Кто бы их оттуда, интересно, выпустил? Москва очень внимательно смотрела за всем, что происходило, – с точки зрения властей. Блокада изнутри в каком-то смысле была настолько хорошо организована, что это напоминало ГУЛАГ. Как только ты не можешь быть полезным, ты исчезаешь.

– *Полезность мерилась чем?*

– Работой. Работой в очень специфических областях. Естественно, в первую очередь военные заводы.

– *А трупы носить? Или это уже потом?*

– Это все вторично. Кормила власть тех, кто делал войну. У этого есть всякие очень интересные продолжения. Например, мы можем говорить о том, что чудовищно и страшно, – о черном рынке, который тут же появился в городе, и как этот черный рынок был связан с властями. Но занятие блокадой – это только частный, яркий и пронзительный случай того, что называется советским. Того, что в какой-то момент стало бессмысленным лагерем «Юный дзержинец». Но, конечно, самое увлекательное, что сейчас новая, путинская Россия все это переписывает в новые сценарии, которые фиг раскачаешь.

– *В чем же направленность сценария о блокаде?*

– Это очень сложная тема. Я не могу сказать, что блокада как нежелательный разговор – это только изобретение власти. Сейчас уже некому говорить, но и сами блокадники не пылали желанием об этом рассказывать. По совершенно понятным причинам. А сейчас, как мне кажется, происходит стерилизация этой темы. И еще для меня важно, что мы-то публикуем дневники, но их почти не читают. Как сделать так, чтобы это было прочитано? Это вопрос на сто рублей. Как внедрить необходимость в этом чтении и вообще необходимость в памяти?

Самый важный для меня блокадный текст – это записки Лидии Гинзбург, «Записки блокадного человека». В какой-то момент я в интернете наткнулась на обсуждение «Записок» некими вполне нормальными сегодняшними читателями. Разговор был о том, насколько им это ненужно и неприятно. Казалось бы, все просто и по-другому быть не может, что в этом приятного? Но такое абсолютное отторжение своей памяти меня очень занимает. Притом что мы начали этот разговор и он сразу стал живым. *Человек жив, пока жива его память. В нем все начинается,* заканчивается, начинается, заканчивается... Конечно, есть замечательные читатели, удивительные, но бывает такое ощущение, как будто ты пытаешься какие-то проводки подключать, а у тебя не получается. Вроде бы ты все сделал: дневник чудом нашелся, ты это публикуешь, комментируешь, ты об этом рассказываешь, но чувствуешь какое-то отторжение тканей. Это один из самых больших для меня вопросов.

Я сейчас еще расскажу про один сюжет. Последняя книжечка, которую я сделала с группой товарищей, – это антология пяти поэтов. Называется «Written in the Dark», стихи и переводы. Это Геннадий Гор, Павел Зальцман, Сергей Рудаков, Владимир Стерлигов и Дмитрий Максимов. Я их собрала вместе, но много других прекрасных людей тоже над этим работали. Геннадий Гор, вероятно, один из самых больших поэтов русского XX века. Для меня это фигура, эквивалентная Целану, самому мощному поэту, писавшему о Холокосте. Гор сделал наблюдение, что когда происходит ломка, в первую очередь ломается язык. Не то, о чем, а то, как человек пишет. Там все интересно с историей Гора. Он выжил, прожил долгую счастливую советскую жизнь – или несчастливую, не нам судить. Тетрадку своих блокадных стихов он спрятал глубоко в стол и никому не показал, не прочитал ни одного стихотворения. Теперь мы это читаем и содрогаемся. Я недавно интервьюировала его внучку в Вашингтоне. Когда внуки это нашли, они стали это показывать весьма просвещенным, замечательным питерским писателям того времени. Это произошло лет 15 назад. А просвещенные, замечательные писатели сказали: «Немедленно уничтожьте эту мерзость». Сейчас уже не интересно, кто это говорил. Но когда я узнала, кто это, волосы у Горгоны стали шевелиться. Я поняла, что имею дело с чем-то очень горьким и важным. Это наша неспособность воспринимать, как это ни сакраментально звучит, правду. То, что Гор пишет, – это, вероятно, и является так называемой правдой. Он пишет ужас в чистом виде. И еще это гениальные стихи. Люди привыкли, что блокада – это большой поэт Берггольц или, на худой конец, страшно рациональная, но все-таки суперумная Лидия Гинзбург. И вдруг тебе приносят ад: «Пожалуйста!» И вот реакция: «Нет, не надо, спасибо». Когда мне его внучка Кира Гор это рассказала, во мне случилась полная революция. Я подумала, как же это интересно. Именно те слова, которые я сказала: «отторжение», «отвращение». И пока мы не найдем – я не найду, ты не найдешь, мы не найдем – другого способа принимать правду, мы из этого – чтоб он сгорел! – советского XX века не уйдем. Ужас в том, что сейчас это жалкое, угрюмое существо Путин и ему подобные надели маску советского. Они такие хитренькие оказались. Но нет там ничего советского – ворье и ворье, не о чем говорить. Это тебе не девятилетняя девочка, которая дрожит, когда звучит пионерская музыка. Это просто очень-очень жадные люди. Но то, что кто-то этим людям порекомендовал, что можно снова попользоваться советским, – это для меня непроходящая тошнота. И мне кажется, что стихи в этой страшной книжечке что-то про что-то объясняют.

– Но для того чтобы это читать, нужно какое-то воображение. Нужно это все куда-то вместить. Меня поражали люди, которые были в лагерях, но рассказывали, а может, даже и вспоминали только смешное. Для латышей порой страшнее были даже не лагеря, а ссылка – там бывало даже хуже, чем в лагерях. В лагерях кормили, была крыша над головой, а в ссылке часто не было ничего. И вот один наш режиссер про это снял фильм. Я прочел книгу, по которой это снято. Это страшная история! Но он ее переделал в эпос о страданиях, где латышские женщины – героини, которые черпают силы для выживания в единении с природой, и все это очень возвышенно. На самом же деле для описания такого опыта у нас нет средств, нужно придумывать новые средства, а не пользоваться теми, что под рукой. А это очень трудная задача.

– Самая трудная. Но то, что мне удалось написать про блокаду, у меня не вызывает ощущения тотальной фальши – по той причине, что я стала совершенно не собой. Этот опыт меня изменил как эстетического агента. Я стала писать уродливые стихи, у меня изменились отношения с тем, что должно получаться в результате письма. Этот постоянный ужас, что может получиться красиво, поверхностно. Причем это опасно. Ведь блокадники все как один, умирая, пишут, что они не видели ничего красивее, чем блокадный город. Он стал пустым, стал городом мечты о Петербурге, не испохабленным 20-ми и 30-ми годами. Все эти эстеты, умирая, пишут своими ужасными лапами. Но их слово не есть слово того, кто чудесненько сидит в Амхерсте. Я постоянно помню о дистанции, ни на секунду не воображая, что понимаю, о чем они говорят. Ни фига я не понимаю. Но есть люди, которым 40–30, а может быть, и меньше лет, для которых все это живо. Я в этом вижу какую-то энергию, какую-то нервную жизнь. Я буквально на днях говорила с замечательным русским поэтом Машей Степановой о том, что сейчас такой момент, когда ужасно хочется заполнять зияния. И можно также говорить, что вся эта мерзость с русско-украинской войной, может быть, еще что-то изменила в этой болезни. Когда ты видишь, как империя начинает пожирать все вокруг, нет сил, нет мочи на это смотреть. Я думаю, что мы будем продолжать об этом говорить.

– *У Александра Моисеевича Пятигорского есть статья про страх, где он, пользуясь буддистской идеей создания искусственного тела, говорит про тело страха. Когда оно создается, оно на нас давит, и мы уже не в состоянии думать. А противостоять этому может только тело сознания. Оно дает возможность освободиться от страха, чтобы, например, перед смертью посмотреть на прекрасный Питер. Какие мысли посещают человека, который боится, который хочет есть, но при этом сохраняет необходимость писать? В этом есть какая-то надежда? Хотя перед смертью-то на надежду уже плевать, это скорее касается нас. Как не поддаться страху и понять, что это все небессмысленно?*

– Во-первых, занимаясь блокадой, я узнала о роде человеческом гораздо больше хорошего, чем предполагала. Ну да, если не кормить трехмиллионный город, наверное, там начнется каннибализм – а что вы, интересно, думали? Но при этом ты узнаешь, что в человечке существует самонаблюдение и феноменальная сила эмпатии. Человек сражается за то, чтобы остаться человеком. Эту битву часто описывают в дневниках. Кстати, и у Островской был обожаемый возлюбленный брат, позже сошедший с ума. То, что называется таинственными словами «умственно неполноценный». Как она во время блокады за него сражается, как она не дает ему умереть, это что-то особенное. Ты рассматриваешь существо во всей его сложности. Островская – существо лукавое, в чем-то страшное, однако когда речь идет о спасении своего близкого... Это хорошие новости о роде человеческом, и этого уже очень много. Я согласна с вами, мне кажется очень важным, что мы не умираем молча, а хотим рассказать.

– *Но как та маленькая девочка, которой вы были, одиноко гуляющая с отцом, начала раскрывать город, который в итоге привел к блокаде? Какими путями в Питере можно к этому прийти?*

– Один из вопросов, который меня совершенно корежит: «Почему вы занимаетесь этой темой?» На него совершенно невозможно ответить. Но если искать какие-то импозантные ответы, то, например, потому, что с моим отцом Юрием Константиновичем Барсковым мы ходили в парк Победы. Это 15 минут ходьбы от дома, где я выросла. Это весь из себя такой нелепый парк значительных размеров. С прудиками, мороженым, какими-то ужасными статуями. И мы там сидели на траве, молчали, папа мне всегда покупал мороженое.

– *В молчании?*

– Да, более-менее в молчании. Мы сидели, опираясь друг на друга спинами, и я ничего совершенно не знала. Не знала, что это был ров, в котором, изящно выражаясь, что-то делали с жителями города. Не станем употреблять слово «хоронили». Их там размещали.

– *Когда?*

– Весной и зимой 1942 года. Сейчас там появился малюсенький знак про это, а так был просто парк. Я не знаю, почему человек этим занимается. Может, потому, что вырос надо рвом. Для меня скорее вопрос, как можно этим не заниматься, будучи из этого города. Там все про тебя, и ты даже не отдаешь себе в этом отчета. Зимой мы ходили кататься на таких круглых помятых напопниках, на которых отлично скатываться с горок. А раньше эти горки были дзотами. На юге города, в нескольких километрах, на Пулковских высотах стояли немцы, про которых все лучшие русские, немецкие и американские историки так и не понимают, почему они не вошли в город. Ведь могли войти, в 1941 году у них были силы. Сколько великих городов, в которые они вошли!

– *А какие самые распространенные версии на этот счет?*

– Вообще на данном этапе полного непонимания истории блокады я очень многое приписываю бардаку с обеих сторон. Хорошо выносить решения постфактум, а там решения принимались в состоянии абсолютного хаоса и невероятного страха ответственности с обеих сторон.

– *Как же со стороны немцев мог быть такой страх?*

– Это хороший вопрос, и я полагаю, что это другая ответственность. Мне иногда кажется, что по крайней мере в начале операции «Барбаросса» было нежелание губить своих людей, идеально обратное советским настроениям. Одна из версий – что была идея, что город умрет сам по себе. Что он эту зиму не выстоит и они просто войдут в замороженный ледяной город. Понятное дело, что город невероятно военизированный. Вот одна понятная мне версия. В сочетании с замешательством, вызванным тем, что главное направление удара в итоге было несостоявшееся московское. А потом наступила зима, и было решено, что мы не будем совершать невероятных мифологических подвигов, мы будем просто ждать. Тем более что немцы идеально знали город, просматривали, как велась стрельба, как велись бомбежки. Они видели каждый метр города. Они простреливали его так блестяще, с такой регулярностью, что это была психологически выверенная смерть. Никто не говорит о том, что в блокаде люди почти не спали. Ночью их все время бомбили, но не было сил ни в какое бомбоубежище идти. Все эти разговоры про бомбоубежище зимой – это в пользу бедных. Немцы блестяще продумали эту операцию, но она не состоялась, потому что к началу весны Москвой уже были придуманы системы контрударов. Другое дело, что Москву, как мне представляется, смерть миллиона трогала достаточно мало. Это верхушка айсберга ответа на ваш вопрос.

Но, возвращаясь к парку Победы... Хотя в детстве я произносила «парк Победа». У меня даже есть стихотворение, которое я не то чтобы написала, а скорее придумала в восемь лет. У меня очень мало счастливых стихов. Муза моя скорее существо мрачное, что у меня всю жизнь высказывалось. В детстве, когда я что-то писала, я сразу шла читать маме. Там было две градации: грустно и очень грустно. И при этом у меня был стишок, который для меня очень важен. Если ты пишешь профессионально с восьми лет – а у меня первая большая публикация была в восемь с половиной, – то знаешь, что в жизни сделал очень много проходных и бессмысленных текстов. Но некоторые сохраняются как в янтаре, а потом почему-то опять превращаются в жижицу, и объяснить это достаточно сложно. И вот в восемь лет я написала что-то такое:

Лето, солнце золотое,
Солнышко – пятак,
Хорошо идти с тобою
Просто, просто так.
По дорожке незнакомой
Направляясь в парк,
Хорошо болтать о чем-то
Просто, просто так.

Я недавно его в очередной раз вспомнила и подумала, что это улика, что на самом деле что-то в моих печальных воспоминаниях не так. Ведь это очень счастливые стихи. Мы с папой идем в этот парк Победы, я разговариваю с ним, и нам очень хорошо. Но при этом мы всегда ходили по истории. В этом городе куда ни пойдешь, ты идешь по мертвецам. И мертвецы всегда рядом с тобой, потому что они не похоронены, ритуала не было.

– *Но это уже рефлективное действие. Когда вам восемь лет, вы ходите по мертвецам счастливой походкой.*

– Абсолютно. Подпрыгивая!

– *Но нужно что-то знать, чтобы соотнести себя с этим. Люди вашего возраста и старше это знают, но тем не менее в городе живут припеваючи. Интересно, в какой мере бывшие ленинградцы считают необходимым включить свою личную историю в историю блокады?*

– Рассказывать о работе с этим материалом в Ленинграде мне бесконечно сложнее, чем где-либо еще, по ряду причин. Вот сидят передо мной шесть человек, шестьдесят шесть, сто шестьдесят шесть, и я чувствую сопротивление от каждого из них. Очень разного рода, а иногда от каждого разные виды сопротивления. Одно из них – когда я оказываюсь с этими людьми наедине в разных контекстах, они вдруг начинают говорить, говорить, говорить. Они рассказывают историю своей семьи. Это производит очень странное впечатление. Они не хотят тебя слышать, они не могут тебя слышать. Ты в их понимании не можешь знать того, что знают они. Что справедливо. И им вдруг совершенно необходимо, чтобы какая-нибудь очередная бабушка Настя или тетя Маша вышла из своего блокадного молчания, чтобы их история вдруг появилась. Странность всего этого в том, что я являюсь триггером, кнопочкой, я их включаю. Они очень хотят говорить про свою тетю Машу, но при этом я им неприятна как кнопочка. Это очень двойственное и странное состояние. После выступлений на эту тему, которые происходят лет пять, а может, и больше, они подходят ко мне и начинают достаточно неприязненно, бурно и очень настойчиво все это рассказывать. И если бы мы были в Израиле, в Берлине, в Вашингтоне, все эти истории были бы записаны. Но несмотря на доблестные действия нескольких бригад молодых людей, таких как группа «Голоса», которые здесь и сейчас пытаются догнать уходящую натуру блокадных стариков, я понимаю, что город как институциональная часть государства категорически не справляется со своей чудовищно затянувшейся исторической болезнью.

– *Тогда мы можем сделать поэтический вывод, что ваше молчание и умение посмотреть на молчание вместе с отцом как на ценность оказалось хорошим навыком для того, чтобы услышать молчание этих людей.*

– О, мне ужасно нравится этот лирический вывод. Наверное.

– *Меня очень удивило написанное вами о том, что в городе остались биологи и ученые, потому что они поняли, что совершается что-то уникальное и что если они уедут, то не смогут это зафиксировать. Им было – страшно произносить это слово – «интересно» по-научному наблюдать за тем, что так редко выпадает в истории. Эта ситуация делает очень двойственным и современным отношение к блокаде. Парадная сто-*

рона – это почтить людей, которые страдали, погибали, это история, которая должна быть описана. Но, по-моему, есть еще и другая сторона, которая намного опаснее, намного личностнее. Ведь первое понимание не требует никакой индивидуальной отваги. Я хотел бы, чтобы вы порассуждали о понимании своей необходимости об этом говорить. Ведь вы жертвуете своими лирическими стихами, чтобы заговорило что-то другое. Не ваш голос, а голос чего-то очень странного или страшного.

– Будем говорить осторожно. Я не думаю, что решение принималось так, что в сентябре кто-то сказал: «О, кажется мне, что пройдет еще немного времени и начнется что-то интересное, посижу-ка я тут». Ведь голод – это очень медленная катастрофа. Это не пара месяцев. Сначала тебе кажется, что если ты будешь обходить все лавочки и выкупать хлеб за денежки… Сначала это был даже не хлеб, это было повидло, жиры и так далее. У тебя лежит заначка из бабушкиных колечек, и ты говоришь себе, что у тебя знакомая блондинка в Смольном, а ты брюнет, и ты вычисляешь, что, может быть, как-нибудь… Ты не знаешь, что будет в конце октября. Такой опыт невозможен в современном городе. И только обнаружив себя в конце ноября, ты примеряешься к новой ситуации.

Да, мы знаем, что в городе были ученые, самый знаменитый из них – физиолог Ухтомский, который в итоге за это вполне поплатился. Для них блокада стала моментом чудовищных открытий. Вообще в блокаду многое было изобретено. Например, было совершенно переосмыслено производство соевого молока. Как каждая мать на земле знает, на третий месяц ты думаешь, что если тебя еще раз заставят проснуться через 15 минут, ты кого-нибудь убьешь. Поэтому ты даешь ребенку благословенную бутылочку со смесью. Вот все эти смеси были сильно усовершенствованы в этом городе.

А есть всякие безумные маленькие вещи. У меня очень богатые отношения с моими персонажами, в частности, с ужасно боевой старушенцией Ольгой Остроумовой-Лебедевой. Ольга Остроумова-Лебедева – это самая сильная девочка среди объединения художников «Мир искусства» начала XX века: Бенуа, Бакст, Лансере… И среди них была такая дамочка с пучочком. Но она была дамочка с пучочком в 1906 году. В 1941 году, 35 лет спустя, ей было за 70, она была уже весьма почтенная дама. В ней были какие-то невероятные качества по выживанию. А это очень сложный, как говорят в Америке, мультидисциплинарный вопрос: почему одни сразу сдались, а другие так неистово сопротивлялись, как сопротивлялась Остроумова-Лебедева? Она не только решила, что сама не сдастся, она еще и протащила за собой своих юных друзей. Когда к ним пришел Смольный и сказал, что им нужны открытки, она сказала – я вам буду делать открытки, но мне нужна команда. И нескольких блестящих блокадных художников ей удалось спасти. В конце осени у нее от голода стала сохнуть рука, и она стала резать пластины для своих графических работ левой рукой под другим углом. Эта техника нажима, изобретенная в блокаду от несчастья, до сих пор существует. Железная Остроумова-Лебедева выпросила у Смольного паек себе и своим близким. А так блокада и творчество – это только до конца ноября.

– *Несколько дней назад я, разволновавшись, потерял контроль над собой и сам весь превратился в волнение. Но для меня важно всегда все же оставлять возможность видеть, что со мной происходит, реализовать, так сказать, действие рефлексии. И вот я представляю себе этих голодных людей, с которыми происходят жуткие вещи, которым нужно бороться за жизнь любым способом – а они начинают, например, писать дневник. Ведь это прямой путь к погибели, когда энергия, необходимая для поддержания тепла в организме, уходит на какое-то писательство. Если они писали стихи, это еще более нелепо. Безусловно, вы наверняка можете рассказать случай, где стихи спасают и писательство оказывается тем действием, которое удерживает человека в живых. Меня в этом интересует способность людей к рефлексии. Жившие в блокаде должны были создавать объект рефлексии. Ведь это же не так просто – посмотреть на себя, на человека, который, возможно, ведет себя не лучшим образом, и уже потом писать.*

– Для начала, что называется, под запись в очередной раз хочу напомнить, что мы имеем дело с невероятным количеством блокадного письма. Сейчас в Америке принято думать о таких вещах, при любой возможности используя инструменты психоанализа. Говорят, что реакция человеческой психики на потрясение, на шок, на боль заключается в том, что это блокируется и наступает молчание. Но если что-то и можно сказать о блокаде Ленинграда, так это то, что там случилась какая-то дикая логорея. Притом что люди понимали, что дневники вести опасно. В Америке я объясняю, что мы имеем дело с явлением, которое за неимением другого слова мы пока называем «блокадной графоманией». Пишут все. В какой архив города не войди, есть шансы, что ты найдешь очередные блокадные дневники. Когда я начала этим заниматься, меня спрашивали: «Где вы находите материалы?» А ситуация такова, что в какой-то момент уже надеешься, что больше не будешь их находить. Материалы начинают за тобой странным образом двигаться. И это учитывая, что во времена ленинградского дела, когда в Москве разбирались с блокадой, огромное количество материалов было уничтожено.

Следующее движение, о котором вы говорили, – наблюдать себя со стороны. Есть блокадные дневники, в которых это достигает уровня... Как бы сказать так, чтобы не соврать? Я считаю, что Лидия Яковлевна Гинзбург во время блокады изобрела новый способ литературы. Амбициозная Лида Гинзбург, в 20-х годах находившаяся в болезненных отношениях со Шкловским и Тыняновым, мечтала написать новый великий роман и в связи с этим пыталась пропустить через себя, как бы трогательно это ни звучало, Толстого и Пруста. Ничего удовлетворившего ее из этого не вышло. И вот начинается блокада, и вдруг ее новое понимание опыта приводит к новому виду повествования. Не романическому, а совершенно фрагментированному. Там нет никакой интенции, что кто-то поженится или умрет в конце. Все всё время умирают, но как бы дело и в этом, и не в этом. Она пишет разлагающуюся себя, блокадного человека как бы со стороны. Как очень внимательная, нервная ученица Виктора Борисовича Шкловского, она усвоила уроки. Идея в том, что письмо – это взгляд на себя как на кого-то другого. Ты отключаешь нежность к себе и полное понимание себя и говоришь: «Я не понимаю этого человека, но хочу его понять». Речь ведь не о таких вещах, как нормальное человеческое мужество. Ничего нормального в этом, конечно, нет. То, что она понимает, то, что она видит, то, что она пишет в тексте, который сейчас называется «Рассказ о жалости и жестокости», то, как она описывает себя в блокадном поединке со своей матерью, то, что зовут их «блокадный человек» и «тетка», – она желает, чтобы ни секунды того, как человек перестает быть человеком, не пропало, чтобы все попало в архив.

– *Может быть, люди, стихийно направленные на то, что все нужно записывать, почувствовали возможность спасения и сопротивления тому, что происходит?*

– Мы с моей любимой подругой, замечательным искусствоведом Машей Зальцман сейчас переживаем очередной совместный момент, потому что наша команда закончила публикацию дневников Павла Зальцмана. Дневников там много. На каждую публикацию уходит по пять лет. Если жизнь разделить на пятилетки… Как ни назови, ничего не меняется. *(Смеется.)* Они мне подогнали блокадный дневник Зальцмана. В этом дневнике для меня очень важны следующие десять лет эвакуации. Если их почитать, не понятно, что предпочтительнее. И потом дикая, неудавшаяся попытка вернуться, когда он приезжает и понимает: «Э-э, батенька, нет. Я в могилу сам закапываться не охотник»… Зальцмана я тоже полюбила. Они ведь все очень импозантные персонажи. Что чудовищная, блестящая роковая лесбийская Лидия Яковлевна, которая существует сквозь всю эту советскую мразь, говоря, что у вас так, а у меня немножко по-другому, что Зальцман.

Одна из тем, которая меня очень интересует, – это сопротивление историческому времени. Когда твое историческое время говорит, что вот у нас есть такие модели ботинок, автомобилей, душ, поведений – выберите, пожалуйста, что-нибудь. А человек говорит: я попробую сам как-нибудь себе создать модные ботинки. Вот Зальцман для меня достаточно монструозный, бесконечно эгоистический, бесконечно трудный. Они все очень трудные, лучшие из них. Но как он сопротивляется! Как он отчаянно сопротивляется всем навязанным ему сценариям поведения. В частности, сценариям, которые он сам себе навязывает. Собственно, фокус заключается в том, что никто за тебя это не изобретет и никто тебе не помощник на земле. Как-нибудь сам.

Меня иногда спрашивают: «Занимаясь блокадным опытом, что бы вы могли порекомендовать читателям нашего журнала?» *(Смеется.)* Я сначала очень переживала, думала: что же это такое? А потом смирилась и стала думать, что чем хуже вопросы, тем интереснее. Я долго думала, что бы такое «порекомендовать читателям нашего журнала». Ведь не выжил никто ни из тех, ни из этих. Выжили те, кто ни секунды не верил государству. Это им даже не приходило в голову. Выжили те, кто не доверял никому и у кого был свой сценарий сопротивления.

– *После чтения я услышал и вспомнил блокаду по-новому и подумал, что это очень полезно для моего мышления. Ведь уникальность блокады я могу понять и так, что она воспроизводит сознание жителей города. И вообще, если мы хотим жить на этой земле, мы должны вспоминать то, что мы, слава богу, не пережили сами. Это нас самих воссоздает. С одной стороны, мы красивой фразой вспоминаем мертвых, но они для нас несколько абстрактны. Но если мы вспоминаем мертвых, чтобы воссоздать себя, это мне кажется философски намного более грамотным.*

– Тут есть еще такая пикантность, что когда мы говорим о Гинзбург, о Зальцмане и им подобных, мы все-таки говорим об – чего уж там – очень качественной литературе. При этом существуют сотни и тысячи дневников. Но фокус в том, что сотни и тысячи – это не полтора миллиона умерших из трех. И это только начало наших статистических неудач. Очень мало известно о том, что в город прибыла мощная волна беженцев из Прибалтики, никто их не считал. Умерли они сразу, без карточек. К концу октября, я думаю. Так что сколько умерло в блокаду…

– *Это были коммунисты, евреи, которые бежали…*

– Жены, дети, старухи! Все Луги и Пушкины, всё шло туда! О числах мы имеем самое странное представление. Я считаю, что гигиенически полезно помнить о тех, от кого ничего не осталось.

– Что значит «гигиенически полезно»?

– Ну, я вижу какое-то здоровье в том, чтобы не увлекаться только категорически привлекательными именами, а просто помнить. Всегда помнить, что все, что ушло в немоту, все, что ушло в снег, – с этим что-то надо делать. Кто-то мне в связи с книгой о пяти неподцензурных блокадных поэтах сказал – может быть, даже чудесная Кира Гор, – что «мы об этих пяти все время говорим как о чуде. А отдаешь ли ты себе отчет в том, сколько людей погибло? Сколько тетрадок? Сколько стихов? Сколько свидетельств? Они никогда больше не будут прочитаны».

Многих моих близких раздражает, что я занимаюсь блокадным искусством. И многие мои близкие, чье мнение мне очень важно и дорого, говорят: «А ты не хочешь вспомнить какую-нибудь неграмотную няньку-крестьянку, которая приехала в 1935 году в город, косноязычного дворника, детей?» Я понимаю, что заниматься Остроумовой-Лебедевой или Билибиным легче. Мне кажется, что это очень важно – помнить и о тех, о ком мы, казалось бы, не можем говорить. Я думаю, что внимательными и отчаянными силами искусства мы можем что-то нарушить.

Я люблю памятник погибшим евреям в Берлине. Там нарушается то, как ты движешься по земле. Это один из многих примеров разговора об этом. Мне кажется, что всякие способы взаимодействия с этим материалом имеют какой-то смысл.

– Я прочитал стихотворение Гора про девочку Ревекку:

Я девушку съел хохотунью Ревекку
И ворон глядел на обед мой ужасный.
И ворон глядел на меня как на скуку
Как медленно ел человек человека
И ворон глядел но напрасно,
Не бросил ему я Ревеккину руку.

И естественно, я думал об этом как о самом страшном, самом жутком, что люди могут пережить. Мы уже уяснили, что люди начали есть друг друга. Но если пройти еще дальше в сферу того, что он описывает, трупоедство можно пред-

ставить как любовь. Ведь в банальном любовном общении говорят: «Я тебя съем». А здесь он дал возможность этой метафоре приобрести космический размах. Любовь и поедание соединяются в своей натуральности, и если ты скажешь девушке: «Я тебя съем», она посмотрит на тебя и подумает, что это вовсе не в переносном смысле. (Смеется.)

– Одно из главных наблюдений Гинзбург – что во время блокады началась дистрофия языка. В частности, ткани поэтического языка стали пожирать свой жир, и метафора буквализовалась. Она об этом пишет в «Записках», и там замечательный пример – зощенковское выражение «да она жизнь мою проела» именно это и значит. На тему, когда молодой человек говорит девушке: «Я тебя съем», и девушка в задумчивости понимает, что именно это и произойдет, если она не ускорится. Наверное, любовь можно и так описать. Постепенно это стало одним из моих самых любимых стихов вообще. И конечно, для меня это эротическое стихотворение. Эротическое в том смысле, что блокада сбивает людей друг к другу в каком-то совершенно новом смысле. И жизнь другого, если мы говорим о так называемой блокадной семье, зачастую целиком зависит от тебя. Это жизнь людей, с которых только что содрали кожу, это другой способ чувственности. Ты чувствуешь каждую крошку, которую ты отдал своему ребенку, родителю. Весь блокадный фокус для меня про родителей. Они все погибли. Все наши герои пытались их спасти всю зиму и весну, но летом они все всё-таки погибли.

– *Родители пишущих?*

– Да. Раз за разом. Сюжет за сюжетом, дневник за дневником. Гинзбург, Гор, Зальцман, Островская, Фрейденберг – они все напрягают свои дивные умы, они придумывают блестящие схемы, как добыть супчик в четырех столовых, кого уговорить, кого ульстить. И каждый раз – провал. Но процесс мы можем наблюдать. И мы можем наблюдать невероятную любовь, которая происходит месяц за месяцем, когда ты, конечно, ненавидишь этого человека, потому что он у тебя отбирает тебя самого, но при этом ты готов умереть вместе с этим человеком.

– *Умереть?*

– Физиологически! Но, как пишет Гинзбург, там физиология и психология оказываются на виду. Ты становишься весь буквально прозрачный. Я, как известно, видный драматург – написала самую маленькую на свете пьесу о любви в блокаде. Такая смешная пьеска, нет в ней ничего выдающегося, кроме того, что там замечательные персонажи. Там выведена моя любимая дама, невероятная питерская особа Антонина Изергина, имеющая отношение к Фонтанному дому. Именно к ней-то Пунин и ушел от Ахматовой. Но, в принципе, когда меня спрашивают, не хочу ли я поговорить о блокадной любви, я говорю: «Вы знаете, честно говоря, вы не хотите, чтобы я с вами об этом говорила. Может быть, это необходимо, может быть, это еще произойдет, но нам будет нехорошо от этой беседы». Конечно, отношения человеческие распадались. Всякие и любые. И что интересно, они потом восстанавливались.

– *Но если я правильно понял, сексуальные отношения во время блокады тоже вдруг приобрели очень откровенный характер. Откровенные устремления, которые тоже кажутся неким способом сохранить жизнь. Хотя, казалось бы, тратить энергию еще и на это дело...*

– Я так понимаю, что ситуация была такая. В городе, конечно, была еда. А значит, были те, кто мог эту еду распределять. И уже из этого совершенно понятно, что происходило в городе. Когда все это началось, люди очень переживали по поводу каннибализма. Но каким пуританином надо быть, какой степенью ханжества надо обладать, чтобы не отдавать себе отчета в том, что происходило в городе с проституцией? Да, естественно. Но какое это имело отношение к блокадному сексу, это другой вопрос. Это делали хоть чуть-чуть сытые. Это делала Берггольц, у которой пухло тело и выпадали зубы, потому что еды было мало, но все же из Москвы сестра присылала посылки, и отсюда эта знаменитая любовная коллизия Берггольц. И великие стихи. Как только появлялся излишек, начинались страсти. А там, где излишков не было... Те, кто читает Примо Леви и Шаламова, знают, что тот, кто называется «мусульманин» у Примо Леви, «доходяга» у Шаламова и «дистрофик» в Ленинграде, становился существом другого порядка. Он выходил на другую сторону возраста и пола. Да, безусловно, важно думать о том, какого рода торговля телом происходила в городе, но это все не про чувства, это про проституцию.

– *Еще меня страшно заинтриговало появление уменьшительно-ласкательных словечек, особенно в отношении еды. Это меня заинтересовало по разным причинам – в частности, потому что в латышской обыденной речи их очень любят употреблять. Я не знаю другого языка, в котором так много всего, особенно еду, называют уменьшительно-ласкательными словечками. Хлеб почти никто не называет «хлебом», обязательно «хлебушком». Мясо, конечно, «мяском». Только «солнышко», но не «солнце». Я даже не знаю, что об этом думать. Но для теоретических наблюдений очень важно, что происходило с языком и как голод и близость смерти влияют на манеру речи.*

– У меня сложилось такое впечатление, что во время войны весь фронт должен был перейти на мат. Мне кажется, что ситуаций, требующих этого способа выражения, было так много, что роль мата в тот момент должна была быть особенной. Но интересно, что я не видела этого ни в дневниках, ни в упоминаниях. Я понимаю, что все эти лейтенанты, вернувшиеся публиковаться в журнале «Юность», должны были над собой проделать какие-то операции, и это интересно. Я думаю, что когда человек встает в атаку, вряд ли он выражается как-то уж совсем горациански. *(Смеется.)* Но это мои рассуждения. В блокадном языке мы видим очень любопытные вещи и аберрации. И вообще там была такая нервность. Город был чумной. Мы все понимаем, что это была психология чумного города, изолированного города, города-исключения. И люди очень нервно присматривались друг к другу, прислушивались. И как только им начинало казаться, что их близкий уже идет туда, то живущие рядом достаточно энергично так... Это много описывается.

– *Энергично – что?*

– Отшатывались. Ну, не то чтобы отшатывались, но что-то понимали. Там есть позиции, когда мужчина начинает говорить «супик» и «хлебушек». Вот когда у мужчины начинаются нежные, интимные, аффективные отношения с этими процессами, то те, кто за ним наблюдает, испытывают ужас, который заставляет их сделать шаг назад. В «Живых картинах» есть текст «Листодер» про блокадных сказочников Шварца и Бианки и о блокаде как сказке.

– *Это Виталий Бианки, который написал «Лесную книгу»?*

– Абсолютно!

– *Это моя любимая книга детства. (Смеется.)*

– Улдис, вас ждет момент чистой радости! Мне в «Публичке» попался совершенно замечательный дневник, который был издан каким-то микротиражом. Бианки – очередной советский писатель, который был никакой не советский писатель. Потом я узнала, что его пять или шесть раз арестовывали. Он был мальчиком из хорошей семьи, пытался бежать, но, как мы понимаем, не вполне успешно. Тогда он решил сбежать к птицам.

– *Это красиво, да.*

– И как-то продержался. Во время блокады он оказался с командировкой в городе и написал дневничок про это дело. Для меня это был очень важный текст, потому что он формулирует идею, что блокаду нужно понимать как совершенно особенную, отдельную цивилизацию и описывать ее как таковую. То, как это описал пришедший в город Бианки, дает нам, описывающим это сегодня, замечательные документы. Он там был несколько дней. Полагаю, что человек он был совершенно блестящий, умница. Он понял, что там другой язык. Он сразу обратил внимание на то, что блокадники шутят. Причем это уже было самое страшное время. Он обратил внимание на то, как речь пытается работать с фигурой дистрофика, на то, как сами дистрофики о себе говорят, на блокадные шуточки. Это дневник зоолога. Перед ним новые виды. Только он попадает не в дивные джунгли, он попадает туда.

– *Вы писали довольно эротические стихи. Я не очень благодарный читатель поэзии, но они меня удивили сухостью сравнения или даже избеганием слюнявости по отношению к эротике и старанием ее огрубить. Вот блокадные мужчины начинают маленькими ласкательными словечками говорить о еде. И тут рядом вы специально подыскиваете грубую стилистику такого уличного панка. Каким языком говорит Эрот в блокаде?*

– Я себе себя как-то представляю как человека, находящегося *в разных способах оппозиции к своему любимому поэту* Иосифу Бродскому. Опыт Бродского, на мой взгляд, на данный момент в русской поэзии перестал быть продуктивным, он перестал рожать новые тексты. Я думаю, что стихи – как кролики. Они должны все время трахаться, и у них должны рождаться новые стихи. У меня был очень долгий период от 11 до 17 лет, когда я вообще ничего, кроме Бродского, не читала. Это была замечательная жизнь! И когда меня спрашивают сейчас, как вы к нему относитесь, читаете ли вы, я говорю, что мне бы ни в каком страшном сне не приснилось, что это надо читать. Наоборот, это был бы очень интересный опыт, увидеть это написанным, увидеть свою селезенку перед собой препарированной. В какой-то момент я так же стала соотноситься с Львом Лосевым. У меня каждый раз было такое чувство, что меня включили в розетку. Я становилась какой-то такой штучечкой для письма, какой-то электрической печатной машинкой, я сразу начинала писать. И мне кажется, что стихотворения именно так порождают друг друга. Система поэзии Бродского в данный момент не порождает ничего, кроме графомании, но совсем уже такой упоительно трогательной. Это может быть хорошо, это может быть плохо. Это может быть весело или грустно. И среди сценариев, назначенных Бродским, в том числе и очень авторитарное отношение к эросу и к письму эроса, как мне кажется. Одно из проявлений этой авторитарности заключается в том, что поэту дано решать, когда акт любви, письма начнется и когда он закончится. Он такой режиссер: сидит в белом костюме и курит. У меня несколько другое представление о власти поэта. Если мне повезет, я смогу немножечко описать акт, который живет по законам, никак мне не подвластным.

– *Какой акт?*

– Любви, письма. Письма любви. Жизни. (*Смеется.*) Да, я пишу больше о чувственности, чем о чувствах. Но если следовать тому, что вы говорите, что можно не потерять голову в момент наблюдения, не стать волнением, – я понимаю, что есть соблазн, но это неправда, это невозможно. Но знаете, ведь остаться человеком в блокаде тоже невозможно.

Но они же пытались! Остаться в соблюдении разума в момент занятия любовью невозможно, наша физиология не такова. Но пытаться наблюдать и писать о том, как ты меняешься в этом процессе, – это то, что меня волнует. Это что-то связанное с сознанием.

– *Очень часто для неискушенного человека Питер – это в первую очередь обэриуты, чудаки, которые из того страшного, что происходило, создавали странные, очень сюрреалистичные образы. Действительность дала новые возможности безумному воображению этих людей. Но есть и совершенно другая позиция, что они ничего не выдумывали – они просто были намного наблюдательнее обычных людей. Но тогда спрашивается, что же они наблюдали? Вот ответ, который я хотел бы сверить с вашим представлением о блокадном Ленинграде. Мы можем представить то, что мы называем реальностью обыденной жизни, реальностью, где все более-менее управляемо, где все действует. И вдруг человек видит, что во всем, что находится вокруг, – в солнце, в стуле – что-то не в порядке. Он не видит обычной для нас выученной связи, а видит все в оголенности возможного соприкосновения. Это все существует, поскольку мы выучили, что оно здесь есть. Но если сопоставить эти вещи с пустотой, то мир как раз становится более реальным, чем наш выученный мир, где все держится на надежности. Проходит полтора или два месяца с начала блокады, и вдруг все то, что мы считали абсолютно стабильным, теряется и все предметы объявляют о своем соотнесении с небытием, то есть о своей оголенности.*

– Да. В ежедневной жизни забываешь, что ОБЭРИУ – это объединение реального искусства, и воспринимаешь это как замечательную шутку остроумных людей. Но, как мы знаем из практики Зигмунда Фрейда, нет ничего более действенного и разоблачительного, чем шутки юмора. Какую задачу они себе задали, к такой задаче они более или менее и прибыли. В то время, как я полагаю, формулировавшие идею ОБЭРИУ Хармс и Введенский находились в каком-то прекрасном отношении с собой. Они философствовали. К 1941 году многое изменилось. Во-первых, никого, кроме Хармса, уже на земле не было.

– Ну, Заболоцкий, но он…

– …он тоже был на другой земле. А когда он вернулся, он стал другим Заболоцким. Но были молодые люди, которые даже пикнуть боялись в присутствии Хармса и Введенского. Такие еврейские мальчики с кисточками, которые сидели на этих кухнях. Они ходили за своими кумирами, кумирам было по 35, а мальчикам по 23. А когда всех так или иначе убили, Зальцман и Гор оказались в городе. И вот из них начинает проступать письмо, которое, с одной стороны, связано с тем, что они почерпнули из общения со своими взрослыми, а с другой стороны, у них совсем другие задачи. Задачей обэриутов было не смотреть, а делать что-то другое. У них не было задачи смотреть на чашку. У них была задача думать о том, как смотреть на чашку, чтобы ее увидеть. Те, кто говорит, что формализм и ОБЭРИУ очень близки, конечно, правы. А вот эти молодые люди в 1941 году, пользуясь инструментом своих старших, начинают смотреть на чашку. Начинают писать блокаду, пользуясь этим языком. Что такое сюрреализм? Это когда ты выходишь из дома, ты как-то одет, у тебя есть ботинки и шапочка, и каждый раз ты видишь, как из снега торчит чья-то мертвая рука. И ты каждый раз замираешь, входишь в соотношение с этим фактом и пишешь его напрямую. Но ты умеешь все это писать потому, что ты жил под влиянием. Мы все время находимся под влияниями. Когда я в 12 лет читала только Бродского, я писала как двенадцатилетняя девочка, которая читает только Бродского. Как ученик. Как в Эрмитаже стоят девочки и копируют. Эти мальчики тоже копировали, но свои мазки, свои кисточки они направляли на изображение руки, которая торчала из-под снега. Они стали писать предмет истории, что Хармсу и Введенскому было очень чуждо.

– В смысле – чужда эта рука?

– Да, эта рука была чужда Хармсу. Ему нужно было придумать эту руку, у него же дикое количество смерти, насилия, но мы понимаем, что этот ужас у него внутри. Он в каком-то смысле придуманный, этот ужас. Ужас страха, о котором у Хармса половина дневника. Ужас собственной эмоции как объекта истории. А тут это просто бытописание, краеведение.

ВМЕСТО ПОСЛЕСЛОВИЯ

Игорь Булатовский: о прозе Полины Барсковой

В отличие от господина Журдена, я не умею говорить прозой.

Но иногда чужая проза умеет говорить мной, вернее меня, и если это у нее получается, я чувствую, как мой, в общем-то довольно сильно фрагментированный, распадающийся, по швам расползающийся мир становится на время чтения – и остается некоторое время после него – цельным, целым, единым.

Его единят и держат слова этой прозы, скрепленные в свою очередь друг с другом так, как сказано в этой книге: они будто вдавлены друг в друга. Это и есть прельстительное тело (тела) текста.

Такой прозой, сумевшей заговорить мной, меня, стали «Живые картины» и прежде всего ее центральный, как мне кажется, текст «Братья и братья Друскины», текст, становящийся больше самого себя в своей мелкой пластике, в своей тромплёйной оптике, в своей нещадной и нежной точности, в своей трагической афористике, в своей почти библейской значительности и библейской же иронии. Текст, становящийся больше себя и больше своего автора в том смысле, что если автор сумеет стать больше этого текста, автор станет больше себя. Текст, производящий над собой и своим автором то, что происходит внутри него, текста: разделение сиамских близнецов, сросшихся сердцами. Эти близнецы – стихи и проза, проза и стихи. Совсем не похожие друг на друга! Но только неизвестно, кто из них кто.

Собственно, все «Живые картины» состоят из таких операций, но в «Братьях и братьях Друскиных» это «событие боли» происходит удачнее всего. Всего незаметнее, посредством инструмента почти не видимого, так что близнецы даже не чувствуют, что они уже разделены, что сердца их стучат порознь, что можно убежать друг от друга, что можно не слушать и не слышать, не слушаться друг друга. И в этом нечувствовании разделенности есть невольная свобода взаимного проживания, а не совместного проживания, пресуществления, а не сосуществования. Есть безусловность, а не обусловленность, всеобщность, а не обобществленность.

Это я, как могу, говорю о будущей прозе Полины Барсковой и будущих ее стихах, говорю в духе учителя господина Журдена: все, что не проза, то стихи, все, что не стихи, то проза.

содержание

вместо послесловия

Полина Барскова
(В)место преступления

Издательство *Литтера*
ilya.bernshteyn@litterapublishing.com

Тираж 250 экземпляров,
из них первые 30 – нумерованные.

Экземпляр №

www.ingramcontent.com/pod-product-compliance
Lightning Source LLC
Chambersburg PA
CBHW032145020726
47496CB00003B/720